星滅

PROFILE

- 身分：御主▶式神
- 從屬式神：緋色戰狼(曾經)

偽裝成普通學生「蔣冽」，真實身分是影狼族後裔，在複賽中被法哈德殺死。
個性調皮惡劣，喜歡調戲羅娜，總是稱呼她為「娜娜醬」。

賽菲

PROFILE

⚜ 身分：御主

實力強勁，以第一名的傲人成績通過聖王學園入學考。
說話毒蛇，個性高冷驕傲，似乎把羅娜當成有趣的小動物。

GOBOOKS
& SITAK
GROUP ©

三日月書版

volume.02
帝柳
Illust.
JNE*靜
少女王者
輕世代
三日月書版
FW307

CONTENTS

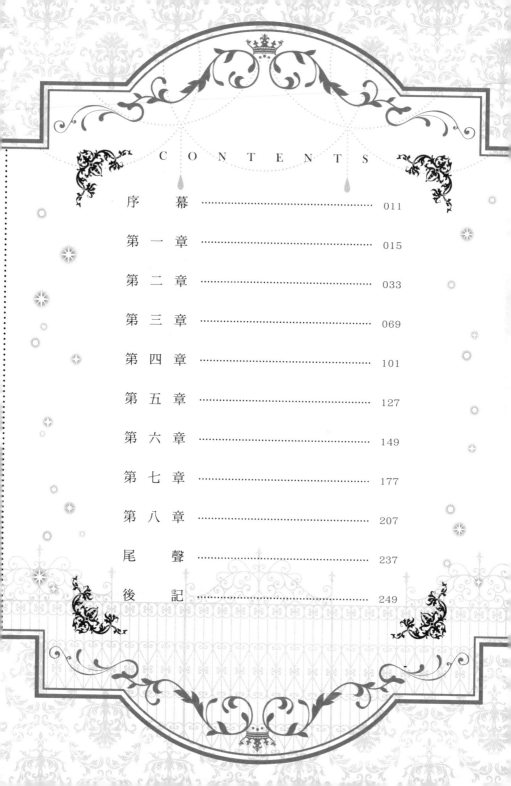

羅娜

PROFILE

⚜ 身分：御主

⚜ 從屬式神：巴哈姆特、法哈德

帥氣的十九歲美少女，個性好強，感情方面意外遲鈍。
為了進入聖王學園，努力扮演清純可愛的「娜娜醬」，但總是不知不覺暴露本性。

巴哈姆特

PROFILE

- 身分：式神
- 式神等級：R級(SSR級)

羅娜的從屬式神，原本是SSR級的強大式神，後因某些緣由降為R級。
依靠俊帥霸氣的外表收獲不少迷妹粉絲，實際上是一隻喜歡調戲羅娜的老色龍。

法哈德

PROFILE

⚜ 身分：式神

⚜ 式神等級：SSR級

編號001的人造人，由羅娜的父親所創造，名字源於阿拉伯語的「豹子」。
被靈人界稱為「漆黑的深淵魔王」，喜歡稱呼羅娜「我的百合花」。

序幕

Scepter of Rose King

魔法陣光芒閃爍，絢麗的光輝掩映在羅娜和法哈德身上。

此刻，她與深淵魔王之間的契約儀式進行到了一半。

「我相信唯有在妳身旁，才能更接近真相——因為當年的真凶一定會再次找上妳。」

「為何你能如此篤定？難道你知道那個人是誰？」

儘管抱持懷疑，羅娜還是想要探究黑影的真實身分。她整顆心都懸著，緊張地等待著法哈德的答案。

「倘若我知道的話，就用不著如此冒險了。」法哈德搖了搖頭。

「可惡……那個人到底是誰！」

明明還在進行危險的契約儀式，羅娜卻完全無法專注，心思一直陷在困惑的漩渦之中。

直到——

「關於那個人，我倒是有個線索哦。」

一道突然闖入的聲音，意外地吸引了羅娜和法哈德的注意。

羅娜難以置信地睜大雙眼，用微微顫抖的聲音問道：

「怎麼會是……你？你不應該出現在這裡的，你不是已經……」

「想我嗎？」

聲音的主人嘴角微微上挑。

「娜、娜、醬。」

第一章

Scepter of Rose King

似曾相識的男性嗓音，以熟悉的輕佻口吻，曖昧地呼喚著羅娜。

「不會吧……」

循著聲源，羅娜愣愣地轉過頭，艱難地嚥下一口口水。

「嗨，別一副看到鬼的表情嘛，我可愛的娜娜醬——」

伴隨著對方調戲的聲音，映入羅娜眼簾的，居然是早已殞命擂臺的亡魂！

「什麼一副看到鬼，我天殺地就是看到鬼啊！你你你……你怎麼會在這裡——星滅！」

羅娜難以置信地瞪著這個出乎眾人意料的不速之客。星滅的突然現身，害她本就混亂的情緒顯得更加錯亂了！

為什麼！

她明明親眼目睹星滅被法哈德殺死了啊！

照理來說，已死之人是不應該、也不可能出現在這裡的……

這麼說來，那天她在街上撞到的人果然就是星滅！

「妳冷靜點，羅娜。」法哈德平靜又低沉的嗓音傳入羅娜耳中，「妳再仔細看清楚。」

「哎呀，別這麼快就破壞我的樂趣嘛，我還想多欣賞一下娜娜醬驚嚇的表情呢。啊——還真是可愛吶——」

星滅舔了舔上唇，眼神充滿貪戀地望著羅娜，看得羅娜不禁打了個寒顫，嫌惡地瞪了回去。

經過法哈德的提醒，羅娜深吸一口氣，稍微平復情緒，接著冷靜一看——眼前的星滅，確實和以往不同，是如同鬼魂一般的存在！

先前在街上撞到的人，應該是星滅將自己的靈魂依附在某個倒楣人身上。這麼一來，事情就說得通了。也難怪當時她只隱約感覺到不對勁，畢竟那個人並非真正的星滅，只是散發出星滅的氣息。

但她萬萬沒想到，星滅的魂魄居然沒有消散，甚至還特意來到她的面前？

這傢伙究竟在搞什麼鬼啊？

「哦呀？看妳的眼神，已經看出來了嗎？真是的，人家還沒欣賞夠娜娜醬可愛的一面呢……」注意到羅娜眼神的變化，星滅有些掃興地搖了搖頭。

「先不管你出現在這裡的理由，但你最好給我說清楚，你說的線索到底是什麼！」

羅娜暫時不想探究星滅再次找上自己的理由，她只想快點知道殺害自己雙親凶手的線索！

「討厭，娜娜醬好現實喔——我們久違的重逢，妳就只想利用我得到線索？」星滅故作受傷，一臉哀怨地對著羅娜問道。

「哈？明明是你突然闖進來拋出這個話題的耶！」羅娜沒好氣地瞪著星滅。

「嗯嗯，這倒也是。不過，不這麼說就無法吸引妳的注意嘛，娜娜醬——」

星滅露出一副「我只能這麼做、我也沒辦法」的無辜表情，那張說變就變的臉，讓羅娜忍不住在心裡偷偷吐槽，心想這傢伙不當影帝實在太可惜了。

「不過既然娜娜醬想知道的話……」

正當星滅要把話題繼續下去時，法哈德斷然出聲：「閉上你的嘴，給我滾，現在這是我的場合。」

法哈德的宣言，就如同他「深淵魔王」的稱號一般，將強硬和霸氣表現得淋漓盡致。即便是向來臉皮極厚又痞子性格的星滅，也被法哈德這句話給震懾住了。

過了好一會，星滅才有些不甘心地說道：「什、什麼嘛……居然用這種口氣跟我說話……」

話還來不及說完，還在進行儀式的法哈德用靈力一震，星滅便瞬間消散在羅娜的視線之中！

僅僅只是彈指的力道，星滅便消失得無影無蹤。親眼目睹這一幕的羅娜不禁在心中驚嘆：真不愧是SSR等級的式神！

「妳只許看著我，我的百合花。」法哈德回過頭，一邊用食指挑起她的下巴，一邊用低沉迷人的聲音對著羅娜說道。

眉眼間，盡是專注又霸道的凝視。

口吻中，飽含獨裁又溫柔的氣息。

羅娜一時間被牽引了思緒，宛如酩酊大醉一般暈暈沉沉。

她心想，這到底是怎麼回事啊……明明是被逼迫的狀態，她居然感受到一種令人悸動的暈眩感……

「別忘了，妳現在仍在與我進行契約儀式，被一個唐突的小子吸引，可真是太不尊重我了。即便是我的百合花，也不能被輕易原諒呢。」

法哈德用拇指和食指挑起羅娜的下巴，羅娜能明顯感覺到對方的手勁和力道。透過法哈德的動作，羅娜知道這人是認真的。

倘若她繼續忽視眼前的儀式，只在意星滅口中的答案，那麼法哈德會對她做出什麼，就連羅娜自己都難以想像。

「哼……少對我說這種令人作嘔的話。」

雖是不甘願，但這僅僅是羅娜能夠表達抗議的方式了。自尊固然重要，但生命誠可貴，她沒必要為了這點小事丟掉性命。要是現在死在法哈德手上，她苦苦追求的真相就沒有撥雲見日的一天了。

「看來妳還是很聽話啊，我的百合花。」法哈德看出了羅娜的彆扭，他嘴角微微上勾，頗為滿意地淺笑了一下。

「不過……星滅那小子也沒這麼簡單就灰飛煙滅了吧？」

上。

「妳說呢？」法哈德沒有給予羅娜明確的答覆，並將注意力放回契約儀式

羅娜沒有再繼續問下去，她也不需要對方給出答案。依靠著自身對靈力的感知，星滅看似消失不見，但氣息仍依稀存在著，大概……只是被法哈德驅走罷了。

隨著儀式緩緩進行，羅娜的身體也有了異樣的反應。她能感受到一股能量正從法哈德身上慢慢傳遞過來。羅娜明白這是怎麼回事，過去和巴哈姆特訂定契約時，也有一樣的情況發生。

這個時候的法哈德，應該也會感受到從她身上流淌過去的能量。這表示著他們彼此之間已將生命交託於對方，正式締結成為御主和式神的關係。

儘管過去從沒想過，她竟會成為自己心中頭號嫌疑犯的御主……但是，既然真凶另有他人，加上與法哈德訂定契約、獲得一名SSR等級的強大式神也沒什麼壞處，就算羅娜再怎麼不喜歡法哈德，也必須為了大局著想。

真要說有什麼無法釋懷的話……那就是對巴哈姆特實在很不好意思……

過了一會，儀式進行到尾聲，羅娜整個人被法哈德的氣息環繞，每次呼吸，胸腔中都充滿法哈德身上醉人的味道。

雖然不想承認，但法哈德身上的味道非常好聞，就像某種神祕的花香，帶了點香甜魅惑的調性，縈繞著羅娜的嗅覺感官。

不行……

不能就這樣屈服……

要是這麼簡單就被攻略的話，她有什麼臉回去見巴哈姆特？

「我的百合花……我願意將我的靈力、我的靈魂、我的一切都獻給妳，成為妳前進的動力與基石。」

契約儀式的最後階段，是由式神向御主宣示。

法哈德緩緩地敞開雙手。就像被灌了烈酒一般，羅娜陷入了酩酊狀態，她的神情恍惚，身體不由自主地慢慢往前傾倒。

僅管已經有過經驗，羅娜心裡仍有些抗拒，可是身體好像並非自己的一般，令她無法支配。

不行……再這樣下去她就會……

眼皮逐漸無力垂下，再也撐不住的羅娜整個人倒進法哈德的懷抱之中。

「我接住妳了，我的百合花。」

法哈德的嗓音格外地溫柔，溫柔到讓羅娜幾乎要以為他是另一個人。

「這一次……我會好好地守護著妳，再也不會讓妳獨自一人感到無能為力了——」

法哈德的雙手環繞住羅娜的身軀，本來僅僅只是靈體的他，漸漸有了近似人類的溫度。

在羅娜徹底失去意識之前，有那麼一瞬間，她竟覺得這個懷抱是如此地溫暖、如此地令她感到心安。

「那個……你們別這樣好嗎？」

此時此刻，羅娜認為自己遇到了難度完全不輸聖王學園入學考試的問題。

她尷尬地扯了扯嘴角，因為過去完全沒遇過這種棘手的情況，一時間不知該如何化解眼前的僵局。

「羅娜是我的御主，你們這些雜草給我滾遠一點，不許你們傷害我的羅娜。」巴哈姆特從後面勾住羅娜的脖子，將她拉入自己的胸膛之中，讓羅娜的後背緊貼著他的胸口。

「說什麼呢，百合花也是我的御主，我豈會傷害她？快給我放手，過去已經讓你獨占御主許久了，年邁的老龍。」法哈德拉住羅娜的手，將她的手貼在自己心臟的位置上，「我連命都可以獻給她，何況我還是ＳＳＲ等級的式神，而你不過是過氣的老龍罷了。」

「哈啊？有種你再給本龍王說一次！本龍王的龍爪和龍牙還沒嘗過人造式神的血肉呢！」聽到法哈德如此不留餘地的嘲諷，巴哈姆特額上浮現明顯的青筋，怒意滿滿地溢了出來。與此同時，也不自覺地將羅娜的脖子勾得更緊。

「哦？那我倒是想見識一下，年邁的龍牙和龍爪是不是已經生鏽遲鈍了？」法哈德一邊用嘲諷的口氣回應巴哈姆特，一邊將羅娜的手抓得更緊。

「看來某人才剛獲得身體，就已經迫不及待想回到靈體狀態了？」巴哈姆特的怒氣值急遽飆升，藏在嘴裡的獠牙忍不住露了出來。

「應該是某條龍活得太久，想回歸塵土了吧？」法哈德不甘示弱，同樣眼神凌厲地瞪著巴哈姆特。

「我說你們……要吵要打要鬧都好……」臉色發白、幾乎快喘不過氣、手也被拉得不停發抖的某名受害者，用一副快往生的表情發表最後的遺言（？），「拜託行行好……放過我這個御主好嗎！」

在羅娜快嚥下最後一口氣之際，加害者們趕緊鬆開手，難得緊張一致地做出回應——

「御主！御主妳振作點！」

「住……住手……你們再這樣搖下去我也會沒命的……」

被巴哈姆特和法哈德一起抓著肩膀用力搖晃，羅娜只覺得自己都快被晃出腦漿了。

好不容易平息這場紛爭，羅娜趕緊倒杯水喝了一口，終於可以稍微喘口氣了。

自從她跟法哈德訂定契約結束後，除了短暫的暈眩昏迷外，一醒來就要面對巴哈姆特和法哈德之間無止境的戰爭。

以前常在偶像劇上看到爭寵劇情，沒想到這種被她嗤之以鼻的情節居然發生在她身上，她可是一點也不開心啊！

脖子跟手都快被扯斷了！

雖然知道這兩人水火不容，可是沒料到會這麼可怕……

「我的百合花，妳沒事吧？」法哈德輕聲詢問。

只是他才一開口，一旁的巴哈姆特馬上回嗆一句：「如果真的有事也是你害的，還有收起那噁心的稱呼。」

法哈德沒好氣地瞪了巴哈姆特一眼，卻很有自知之明地沒再開口回應，否則原本稍稍停歇的風暴又將捲土重來。

「我沒事……只要你們別繼續在我面前吵架就沒事……」擺脫了死亡威脅，羅娜的氣色仍不是很好看。

「現在這麼說應該有些遲了……」羅娜稍稍挺直腰桿，清了清喉嚨，「但我想說，不管是巴哈姆特還是法哈德，從今天起你們就是與我訂下契約的式神了。」

羅娜又喝了口水，深吸一口氣，再次認真地注視著面前的兩名式神，「請你們要有身為式神的自覺，一切應該以御主為優先，絕不能因為『私人恩怨』阻礙了我前行的道路。」

「我必須順利進入聖王學園，並在學園中找出當年滅門慘案的真正凶手。當然，如果法哈德想徹底洗清嫌疑，就要好好配合我，不許跟巴哈姆特內鬨，明白嗎？」羅娜將目光投向法哈德，嚴肅地下達指令。

「哼，聽見沒？看看你做人多失敗啊，法哈德。」巴哈姆特冷冷地看了法哈德一眼，不過很快地，他也被羅娜出言訓斥。

「你也是，不要以為身為我原本的式神，就可以不時挑釁法哈德。」

被羅娜這麼一說，巴哈姆特的臉色立刻垮了下來，一旁的法哈德見到他這反應，壞心地揚起嘴角笑了起來。

「總之，你們都要給我乖乖聽話，聽清楚了沒？只要違反我的規矩，我都會公平地進行處分！」羅娜一手用力地拍在桌子上，對兩名式神下足了馬威。她深知必須快速建立起自己的威嚴，否則這兩人是很難和平共處的。

羅娜說完話後，法哈德和巴哈姆特彼此互看一眼，一股微妙的沉默凝聚在兩人之間。

「喂，我說你們兩個到底聽進去了沒？回答我啊！」羅娜握緊拳頭，有些心急地催促兩人。

這時，法哈德輕輕地牽起了羅娜的右手，「遵命，我的百合花，我的御主。」

說罷，便在她的手背上印下一吻，如同騎士向公主致上最高的敬意。

法哈德這突如其來的動作讓羅娜愣了一下。她眨了眨眼，雖然心跳沒有小鹿亂撞，但法哈德的舉動確實出乎她的意料。

或許，是她先前對法哈德身為嫌疑犯的印象太過深刻，此時被法哈德如此溫柔地對待，反而有種難以言喻的違和感。

「哼，別以為用這種伎倆就能擄獲羅娜的芳心，這個平胸女可沒這麼好騙。」在旁看到這一幕的巴哈姆特眉頭一皺，嫌惡地瞪著法哈德，「就算羅娜被你所騙，我還是會盯著你的，給我小心點人造人！」

「呵，這口氣聽起來真是令人愉悅啊，這難道就是所謂的『吃醋』？」

「誰吃醋了！少往自己臉上貼金！」被法哈德這麼調侃，巴哈姆特馬上沒好氣地駁斥。

見巴哈姆特如此生氣，羅娜以為這頭龍又要大發雷霆之際，沒想到巴哈姆特也做出了令人出乎意料的舉動。

「羅娜，妳聽好了——」

巴哈姆特牽起羅娜的手，相較於法哈德，巴哈姆特在動作上有些粗魯，少了魅惑氣息，卻表露出他身為龍王的固執本色。在羅娜眼中，顯得有點笨拙，卻又異常認真。

巴哈姆特抓牢羅娜的手，略帶嚴厲地對著自己御主說道：「那傢伙能做到的，我也能！」說完，巴哈姆特也輸人不輸陣似地，低下頭來重重地在羅娜的左手背上印下一吻。

羅娜愣愣地看著巴哈姆特，她第一次看到他如此較真，沒想到平時高傲的龍王也有這麼不服輸的一面？

不知為何，她的胸口竟有那麼一點點的……甜甜的滋味……

這份心情明顯和方才法哈德落下一吻時的感覺完全不同……

「哎呀呀，看來我激起了老龍的鬥志呢……」法哈德的嘴角微微上揚，好像頗為享受這種競爭的樂趣。

「咳咳……你們的心意我就收下了……」有些不好意思地抽回手，羅娜不是很擅長應付這種爭寵的局面，只能趕快轉移話題。

「總、總之，你們好好當個稱職的式神就是了。」羅娜別過頭去，有些心虛地說道。接著不給兩人回應的機會，又立刻開口：「話說回來，星滅那小子的事你們怎麼看？」

和法哈德訂定契約結束後，羅娜便將整個經過告知巴哈姆特。對於當時突如其來的狀況，尤其是星滅帶來的那句「關於那個人，我倒是有個線索哦」，羅娜一直耿耿於懷。

「那小子沒那麼容易就消失。他可是從墳墓裡爬了出來，特意要來見妳一面，日後絕對還會再找上門。」巴哈姆特一手托著自己的下巴，篤定推測。

「嗯，我也是這麼認為。法哈德，你怎麼看？你認為他那句話可以相信嗎？」

當初的滅門慘案，羅娜因為年紀太小，加上當時太過倉皇害怕，根本無法看清事情的全貌。

因此，單靠她自己的記憶去評斷星滅所說是否有價值，又或者只是純粹想引起她注意的謊言，實在有點困難。

「星滅這個人我不予置評，我並不清楚他和當年那起事件有何關聯。他和凶手的唯一聯繫，大概只有聖王學園了。」法哈德神情認真地思索了一下，用低沉的嗓音回答羅娜。

「果然還是聖王學園嗎……」

在羅家滅門血案後，最初告訴羅娜要找到凶手就必須進入聖王學園的人，就是法哈德。

回想起那時，她被社福機構暫時收留的那段時間，收到了一封來信。雖無署名，但從筆跡來看，羅娜心知寄件者就是法哈德。信裡沒有什麼驚世駭俗的內容，僅僅只有一句話：「去聖王學園找尋真相吧——」

看到信的當下，除了震驚，她也覺得十分奇怪。身為最大嫌疑人的法哈德竟會寫這種信給她？他到底在想什麼實在令人費解。

現在想來，倘若真凶另有其人，法哈德當時的舉動倒也合理了。

「過去一直沒有機會好好問你，當初你為何要我去聖王學園找尋真相？」羅娜雙手環抱在胸前，提出她迫切想要知道的問題。

「那是因為……」法哈德深吸一口氣，神情轉為凝重。

「據我所知，除了你們家以外，妳父親最後去的另一個地方，就是聖王學園。」

第二章

Scepter of Rose King

窗外吹進一縷夜風，清清幽幽，讓人感到舒爽和清醒。在這本該好好休息的夜晚，羅娜卻和這陣風有所共鳴一般，同樣清醒地睜著雙眼，似乎在想著事情。

「聖王學園裡究竟藏了什麼……真相真的跟這所學校有關嗎……」羅娜躺在床上，腦海裡不斷迴繞「聖王學園」這幾個字，讓她難以入睡。

回想先前和法哈德的對話，雖然她不斷追問，但法哈德也沒有其他的線索可以告知。

法哈德聳了聳肩，告訴羅娜這只是他的推斷，就像電視上常演的警匪偵探劇一樣，遇到命案時，往往會追溯受害者最後現身之處。

「切，那傢伙以為自己是警匪偵探片的主演嗎？居然這麼不負責地推測……」

不過，既然走到這個地步，羅娜還是會秉持著絕對要進入聖王學園的念頭，奮戰到最後。

在床上翻了個身，羅娜拿起聖王學園寄來的通知書，更正確的說法——是通往聖王學園入學考最終測驗的門票。

「終於來到這一步了……爸媽你們再等等我……」握緊手上的通知書，拇指緊緊地印在聖王學園獅子與盾牌造型的圖徽上，羅娜的聲音裡有著藏不住的激動。

閉上雙眼，深吸一口氣，今晚她住在由聖王學園提供的考生宿舍，主辦單位表示明天會讓所有進入最終測驗的考生入住高級飯店做為獎勵。光是想到這一點，羅娜就有些興奮期待。

平常省吃儉用，終於有可以好好享受的機會。或許換個比較豪華的地方住上一晚，能好好放鬆一下緊繃的神經。

「要趕快睡了……晚安，巴哈姆特……」準備閉上雙眼、好好進入夢鄉之前，羅娜習慣對體內的巴哈姆特道一聲晚安。但話才一出口，羅娜突然用力地睜大雙眼。

「嗯？」眨了眨眼睛，羅娜一臉呆愣地躺在床上。

啊咧？

奇怪？

巴哈姆特呢？

此時此刻，她竟完全感受不到巴哈姆特的氣息！

這個時間點，那頭老色龍應該不會跑出去亂晃才是啊？

等等，不止巴哈姆特……就連法哈德也不在？

羅娜終於覺得事情嚴重地不對勁。

沒道理這時間兩個式神都不在啊！

該不會……兩人又開始吵架，去外面釘孤枝了？

不對啊，睡前他們一副安分守己的模樣……那到底是怎麼一回事？

自己身邊沒有半個式神守護，羅娜此刻就和普通的非靈人沒什麼兩樣！

還搞不清楚是怎麼回事，正想從床上坐起身之際，羅娜赫然發現自己的雙手被銬住了！

「這是什麼？什麼時候上銬的？該死，這是怎麼一回事！」

不知何時，雙手被精緻的鐵環牢牢銬住，羅娜只能吃力地坐起身，除此之外什麼也做不了。

當她想繼續大聲詢問時，眼前赫然一亮，有道熾烈的白光毫不留情地打在她身上。

「唔！好刺眼！」羅娜反射性地轉過頭避開強光，雙眼一時間無法適應突如其來的光線改變。儘管如此，她仍努力地瞇著雙眼，想看看究竟發生了什麼事。

「那、那是……」

等眼睛稍微適應光線時，羅娜終於看清了前方的景象。

然而，她卻徹底傻住了。

「這、這是什麼……觀眾席？」

羅娜愣然地看著前方，在她還來不及反應的時候，前方的牆面竟成了一片井然有序、一字排開的觀眾席，上面居然還坐滿了觀眾！

羅娜整個人愣在床上，嘴唇正要念出「What the fxxx」時，突然聽到麥克風傳出熟悉的聲音——

「歡迎來到聖王學園入學考最終測驗——聖王學園之深夜頻道！」

「這聲音……是之前那個主持人？叫、叫什麼來著……」

羅娜雙眼微微瞇起，越聽越熟悉的音色讓她腦海記憶不斷翻騰，但很快地，對方就用熱烈的口吻直接將答案說了出來。

「我是你們的主持人，班傑明！現在，讓我們用熱情的掌聲，歡迎第三號現場直播的考生，編號一百六十三號的『娜娜醬』——羅娜！」

在班傑明的號召之下，仍然一頭霧水的羅娜錯愕地迎來觀眾席上響亮的掌聲。

「這、這到底是怎麼一回事啊……喂喂！那個叫班傑明的傢伙快跟我解釋一下啊！」

「哦呀，我們的娜娜醬說話風格怎麼跟平常不太一樣呢？難道之前的『裡人格』又跑出來了嗎？」

「唔！」被班傑明這麼一說，羅娜馬上倒抽一口氣，緊緊地閉上嘴巴。

糟了，被突發狀況一搞，完全忘了自己平時苦心經營的偶像形象！

不行不行，她得趕快調整好狀態，好好扮演「娜娜醬」才可以，至少得維持到測驗結束！

「咳、咳咳，真、真是的，小班一定是誤會了啦。什麼裡人格的……人家才沒有呢！」清了清喉嚨，羅娜努力裝出和平常相去甚遠的嬌滴滴嗓音，勉強撐起嘴角，一臉委屈地苦笑。

「哎呀，我們的娜娜醬還是一如既往變臉變得很快呢！不過沒關係，可愛就是正義啊！只是提醒一下娜娜醬喔，剛剛的鏡頭全部都被直播放送出去囉——」向來只聞其聲、不見其人的班傑明，不知是惡意還是認真地對羅娜說道。

「切，用不著你說我也知道……」

「嗯？娜娜醬妳剛才說了什麼嗎？」

「不不，人家剛才什麼都沒說唷！討厭啦，小班真是多疑呢！」羅娜發出「呵呵呵」的笑聲，再度拿出娜娜醬的拿手絕活——裝傻。

「嗯嗯，好吧，看在娜娜醬這麼可愛又無辜的分上，我就稍微跟妳說明一下情況吧！」班傑明接續說道：「實際上，妳入住的並非真正的聖王學園學生宿舍，而是由考委會精心設計的考試會場！」

班傑明這麼一說，羅娜馬上在心中吐槽大喊：我就知道！聖王學園考委會才沒這麼好心！

即便想不顧形象地大喊大叫，面對著鏡頭，「娜娜醬」也只能故作無辜可憐。

「嗚嗚……好過分喔……怎麼可以這樣呢？人家還以為考委會是真心對我們這麼好……是說，該不會入住高級飯店的事也是假消息？」

「哦，那個呀，這個我可以說嗎？」在羅娜提問之後，班傑明直接跟考委會進行現場通話，過了一會，他才清了清喉嚨回應羅娜的問題：「關於這點，娜娜醬妳別擔心唷——只要通過最終測驗，就會獲得入住高級飯店的資格！」

班傑明音色高昂，好像在鼓舞羅娜一般。

聽到答覆的那一刻，羅娜在心中發出了「喔喔喔」的激動吶喊。

當然，為了維持娜娜醬的形象，即便內心已經興奮到不行，羅娜還是死撐著裝出清純偶像的模樣，「真、真的嗎？哇，真是太好了呢！這樣人家更有動力好好努力啦！我的粉絲小天使們一定要給娜娜醬更多支持與鼓勵唷！」

然而她的內心卻不斷ＯＳ「你們快點給我投票讓我高人氣過關啊」，只是化身為「娜娜醬」、擺著燦爛笑臉的羅娜是不可能將這些話說出口的。

不過話說回來，她雙手被銬住、式神們都不在身邊的問題還沒解決啊……

「娜娜醬這麼有活力實在太好了呢，想必妳已經做好準備面對最終測驗了吧？」

「那個……人家不曉得最終測驗到底是怎麼回事呢……」雙手試著掙脫銬住自己的鐵環，羅娜再次用無辜可愛的口吻說道，想藉此從班傑明口中得到相關線索。

雖說是最終測驗……但到目前為止，羅娜還沒有感覺到那種緊張的氛圍，她整個人完全處於狀況外。

就在這時，羅娜只聽到班傑明發出一聲冷笑。

「呵。」

短促又冰冷的笑聲，僅僅是一瞬間，羅娜卻覺得主持人好像變了個人似的。

是她的錯覺嗎？

再看向前方的觀眾……

怎麼……

好像跟平常會收看娜娜醬考試的人不太一樣？

不全是那些揮舞著螢光棒、高喊「娜娜醬、娜娜醬」的宅男，有部分是風格完全不同、一群穿著正裝的人們。

更奇怪的是，這群身穿正裝的觀眾，每個人臉上都戴著一副造型怪異的面具。

羅娜嚥下一口口水，她終於察覺到情況和平常不太一樣。

不——是比平常還要令人毛骨悚然！

「嘛，娜娜醬，現在呢，妳是一隻羔羊——純潔無瑕的羔羊。」班傑明在發出一聲冷笑後，竟開始說出一些讓羅娜更加混亂的話語。

「接下來，將由現場十名觀眾來決定妳的比賽結果以及……難度。」

「由現場十名觀眾決定……？」羅娜眨了眨眼，愣愣地將視線掃過觀眾席上的人群。

「是的，他們都是很特別的人喔，對娜娜醬來說。」

「對我來說？」再次重複班傑明說的話，羅娜胸中逐漸萌生出不安的嫩芽，她知道接下來絕對不會發生什麼好事。

不久後，她這份不安的預感即將應驗。

「娜娜醬，妳是否因為式神不在身邊而感到無助和不安呢？」

明明是同一個人的聲音，明明都是那名為「班傑明」的主持人，羅娜卻覺得像在聽另一人說話般，令人不寒而慄。

比起她過去認知中的「班傑明」，現在和她說話的這個人，語調明顯森然冷冽許多，甚至還帶了點嘲諷與戲謔。

「所以說……我的式神是被刻意支開的……對嗎？」在班傑明的語氣大變後，羅娜也壓低嗓音，多了幾分較真和嚴肅。

她心裡隱約知曉，現在這狀況，不是娜娜醬裝傻賣萌就能獲得勝利的局面。

「看來娜娜醬比外表給人的感覺還要聰明呢。」班傑明語帶揶揄地接續說：「讓人懷疑妳其實一直在裝傻呢——」

毫不客氣的質疑，聽在羅娜耳中格外諷刺。

真的和平時完全不一樣。

過去的比賽絕不會摻雜這種戲謔考生的環節，甚至不會說出這種充滿暗示與象徵的字句……

難不成是因為最終測驗的緣故？就連比賽風格也隨之徹底改變？

雖然摸不清這場測驗究竟想做什麼，但羅娜自知這將是一場比往昔更為嚴峻的考驗。

羅娜不打算回應班傑明，既然說她裝傻，那就讓她裝傻到底吧。

她寧可拿回嘴的時間仔細觀察情況……

首先，她很確定自己身邊沒有半個式神。式神被強迫與御主分開，這種事並不常見。不過依她猜測，應該只是暫時將她和巴哈姆特他們分開，畢竟聖王學園不可能真的剝奪學生的式神，這顯然只是為了增加測驗難度。

再來，這場地看起來陰氣森森，和過去明亮寬敞的擂臺完全不同。就連現場安排的觀眾……比起場地，這些觀眾更為詭異，他們不僅沒有身為觀眾那種激情，反倒對她散發出一種……

冷冰和厭惡？

明明隔著面具，羅娜彷彿能看穿面具底下的神情……不，應該是那些觀眾散發出來的氣場實在太過強烈，強烈到縱使戴著面具都能讓她感受到這股森然的殺意！

到底是為什麼？

娜娜醬就這麼討人厭嗎？

況且還要由現場十名觀眾決定她的比賽結果？

不妙，不管這群觀眾的真實身分，她都覺得十分不妙！

「保持沉默是不錯的選擇。但是娜娜醬，妳準備好接受最終測驗了嗎？」

班傑明沒有給羅娜多餘的思考時間，再次切入重點。

「到這節骨眼上……人家有說不的權利嗎？」

畢竟對方還是稱呼她為「娜娜醬」，只要她還在考場上，羅娜說什麼都要將這個角色扮演到底。

「還真是無辜啊，不過這些觀眾可不會因為妳的故作可憐而心軟喔——」

說完這句話，羅娜聽見班傑明輕聲一笑，那笑聲聽來分外刺耳。然而，面對著鏡頭，羅娜就算再怎麼不悅也要強撐起笑容。

「那麼——聖王學園入學考最終測驗，『深夜頻道』宣告開始！」話音一落，班傑明鄭重地宣布測驗展開！

「考試規則如下：編號一百六十三號考生羅娜，從即刻起開始計算，以一個小時為限——必須活著離開這個房間。」

說完這句話，班傑明並沒有進行任何額外補充。

羅娜愣了愣，睜大雙眼，困惑又錯愕地眨了眨眼睛。她腦海裡一片空白，反射性地吐出了一句話：「就這樣？這就是最終測驗？」

她當然難以置信！

「活著離開這個房間」，乍聽之下似乎很簡單，可是越簡單的目標，通常越難以達成！

至少，眼前這些觀眾是不會讓她好過的！

在班傑明的聲音消失後，羅娜面前出現了十名觀眾，他們依舊戴著面具，冷眼看著被綁在床上的羅娜。

羅娜嚥下一口口水，周遭的空氣彷彿凝結，在這種充滿壓迫的狀態下，不由自主地沁出一顆顆斗大的冷汗。

周圍一片幽暗，只有從觀眾席後方射出的一道熾烈白光，直直地照射在羅娜身上。

在場每一雙眼睛都骨碌碌地盯著她，冷冽的視線幾乎要貫穿羅娜身軀，將她碎屍萬段。儘管羅娜感到有些害怕，但她必須趕快離開才行，她不斷擺動雙手，試著想掙脫鎖鍊的束縛。

咚咚。

咚咚。

咚咚。

咚咚。

咚咚。

心臟跳得飛快，心跳聲如擂鼓般敲擊著自己的耳膜，明明眼下並沒有發生任何事情，羅娜卻因緊張而恐懼不已。

不行，不能自己嚇自己。人類之所以會害怕都是自己造成的，她必須控制自己的情緒、戰勝恐懼才是！

羅娜深吸一口氣，在眾目睽睽之下，她開始用力地掙脫枷鎖。她不斷扯動自己的手腕，直到雙手都被磨得發紅流血，但就是不見鐵環有鬆脫的跡象。

如果這時候巴哈姆特或法哈德在就好了！

就在羅娜這麼想的同時，前方的觀眾赫然有了動靜。其中一名帶著白色狐狸面具的人站了出來。

羅娜倒抽一口氣，心想現在是要幹什麼？

不要朝她走過來，不要過來，不要過來，不要過來——

羅娜的心聲自是不可能傳到對方耳中，就算真的說出來了，對方也不可能順了她的意。她只能被牢牢地銬在床上，眼睜睜看著對方走近。

看著對方的身形，羅娜猜測應該是一名女性，那對豐滿的胸部，即便穿著寬鬆的衣物，也完全遮掩不住。

羅娜不曉得對方究竟想做什麼，但她終於體會到班傑明稱自己為「羔羊」的意思。此刻，她確實如同待宰的羔羊、砧板上的魚肉。

戴著狐狸假面的女子走近自己，羅娜先是看見對方伸出手來，輕輕地撫摸了一下她的臉頰。

「知道我是誰嗎……羅娜？」

「這聲音……」

似曾相識。

好像在哪裡聽過，可是偏偏想不起來。

羅娜皺起眉頭，一時不知該如何回答。

對方摸在自己臉上的手異常溫柔，羅娜卻覺得十分毛骨悚然。

「想不起來……對嗎？」冷冰的女性嗓音，隔著白色的狐狸面具傳遞而出，「也是呢……妳怎麼可能會記得……」

戴著狐狸面具的女人用擦著紅色指甲油的手劃過羅娜的臉頰，下一秒，聲音驟變，「妳怎麼可能記得我們這些因妳而淘汰的人！」

話音一落，女人便狠狠地用指甲在羅娜臉頰劃出一道傷口！

「嗚！」毫無預警的疼痛突然降臨，羅娜反射性地皺起眉頭，發出痛苦的呻吟。

對羅娜來說，令人震驚的不是這突如其來的攻擊，而是戴著狐狸面具的女人方才所說的話！

「淘汰……的人？難道妳是聖王學園的考生？」

臉頰上醒目的鮮血流了下來，紅色液體順著臉頰弧度滑落至下頷。羅娜抬起頭，有些錯愕地看著對方。

「要說得這麼明白才知道嗎？果然走偶像路線的女人都是傻子。」戴著狐狸面具的女人一邊說，一邊掐住羅娜的下巴，「都是妳，要不是妳的話，我早就能晉級最終測驗了！」

「那、那個……人家還是沒搞懂到底是怎麼回事……」

下巴被掐得紅腫發疼，羅娜能感覺到對方又尖又長的指甲陷入自己的皮肉，血液順著傷口流淌而出。即便對方這麼說，她還是一點印象也沒有，畢竟很多時候，她不一定能見到與自己競爭的考生。

眼前這名戴著狐狸面具的女人，或許就是綜合表現和人氣不如自己，才會被直接刷掉。

某種程度來說，她簡直是被冠上莫須有的罪名啊！

「哼，再繼續裝傻啊，我不會讓妳好過的。今天，我可是受邀來擔當妳的觀眾……不過，是為了要欣賞妳難堪的表情和被淘汰的觀眾喔！」戴著狐狸面具的女人繼續說：「不止我，那些坐在觀眾席上的，也有和我一樣的人，相信大家都是對妳懷恨在心才會坐在那個位子上！」

說完，戴著狐狸面具的女人放肆地大笑起來，羅娜沒有出聲回應，跟這樣的人計較下去顯然毫無意義。不過從她的話聽來，那些觀眾也無法確定彼此的身分吧？

或許不全是因她而被淘汰的考生……

「不出聲是吧？不打緊，我也不需要妳說什麼，在這個考場上，妳只是我們娛樂的玩物。」

鬆開掐住羅娜下巴的手，戴著狐狸面具的女人從自己的口袋中拿出一個像是遙控器的物品。

「這個，是我們現場每一位觀眾都有的遙控器。」舉起手中的遙控器，小小的機體上有數個不同編號的按鈕。戴著狐狸面具的女人笑了一聲，又道：「想知道這些按鈕編號代表著什麼嗎，羅娜？」

「呃，其實我不是很想知……」

啪！

「廢話少說！」儼然不想聽到羅娜的答覆，狐面女一巴掌狠狠地順勢揮下，在羅娜的右臉頰上發出響亮的拍擊聲。

「快求我，求我告訴妳答案！可惡，該死的傢伙，打得我手好疼！」

戴著狐狸面具的女人一邊甩著自己發紅的手，一邊把所有問題怪罪到羅娜身上，相較之下羅娜反而不那麼在意這突如其來的痛楚了。

若非攝影鏡頭對著自己，羅娜真想拋開偶像包袱，朝眼前這個女人翻一個大大的白眼。

忍住，要忍住，都來到最終測驗了，羅娜妳說什麼都要忍住！

羅娜深吸一口氣，再度昂起頭來，看似對著狐面女，實際上是對著鏡頭苦苦哀求：「拜託……拜託請告訴人家答案……求求姐姐了……」

羅娜用淒楚的口氣和淚眼婆娑、楚楚可憐的模樣對著鏡頭表演了一番。

要求妳是吧？那就求妳啊！順便替自己可愛可憐的模樣加個分！

「唔！」大概是沒想到羅娜會真的哀求自己，戴著狐狸面具的女人一時間愣在原地，有些措手不及。

「別、別以為這樣我就會動搖……我跟那些宅男粉絲可不一樣！」嘴上雖是這麼說，狐面女還是用手摀著胸口，曝露出她動搖的一面。

看到這一幕，羅娜表面上維持一臉無辜，心底則暗自得意竊笑。

「哼，既然妳都這麼求我了，我也不是那種和妳一樣、心胸狹窄的女人——」戴著狐狸面具的女人清了清喉嚨後又道：「這些按鈕，背後都代表著一個指令或是一個開關——真想看看妳狼狽的一面啊，羅娜。」

花了點時間讓自己平復情緒，戴著狐狸面具的女人指著羅娜說道：「我們每一個觀眾都被賦予按下按鈕的權利，也就是說，我們能夠選擇如何『考驗』妳。不過……那是主辦單位的說法。」她彎下腰，對著仍被鐵環牢牢銬在床上的羅娜笑了笑：「真正的內涵，應該是如何『報復』妳吧？」

沒給羅娜回應的時間，她握著遙控器接著說道：「現在，我該想想要怎麼報復妳才好呢……啊，就這個吧！編號三好像是不錯的數字呢——」

沒再說多餘的話，戴著狐狸面具的女人便朝寫著編號「3」的按鈕一按。

頓時，場內傳出某種開關被啟動的巨大聲響，羅娜還搞不清楚狀況，戴著狐狸面具的女人便轉身離開。

「等、等等！妳這是要去哪？難道妳不在這裡看我接受妳的報復嗎！」聽到機關被打開的聲音，羅娜有些慌了，她扯了扯嗓子問向對方。

「我會看著的，只是回到觀眾席上……因為妳現在待的地方可不安全呢。」她一邊說，一邊稍稍掀開自己的面具。

羅娜一看，她終於想起來了！

那個戴著狐狸面具的女人，正是她參加聖王學園第一場考試時，遇到的競爭對手！

還記得那時，她們用式神打了一架，只是沒想到對方如此不堪一擊，一下子就被巴哈姆特給秒殺了！

沒想到是她啊！

不過也不能怪羅娜忘了，畢竟對手沒有留下什麼深刻的印象……啊，如果巴哈姆特在這裡一定會吐槽「平胸女妳真的很惡劣，難怪會被人記恨」。

只是話說回來……那兩個傢伙現在不知身在何處？

有沒有為了回到她的身邊，正拚了命努力呢？

不管是巴哈姆特還是法哈德，身為這兩人的御主，還真想看一看他們拚了命的樣子……

羅娜有些感慨，但這減緩不了她心中的緊張感。如果戴著狐狸面具的女人仍留在這裡，至少能確定這裡不會有太大的危險會危害到她。

可是她一走，還撂下那樣的話……就算羅娜想要樂觀一點都十分困難了。

等在她面前的危機究竟是什麼？

不知藏在何處的機關不斷發出震耳的聲響，羅娜越聽越覺得頭皮發麻。她就像被剪除翅膀的飛鳥，動彈不得也無法逃離。

這份未知的恐懼，很快就得到了答案——然而，真相並不能讓羅娜擺脫不安，反而使她陷入更巨大的絕望。

羅娜眼睜睜看著四周升起一面接一面的透明牆面，四面八方地將她環繞。

「透明的強化玻璃？編號三的按鈕到底是做什麼的啊！」

羅娜只知道透明設計是為了讓觀眾看清楚，可是這一面面阻斷外界的玻璃又是為了什麼？

她看向坐回觀眾席上、戴著狐狸面具的女人，雖然隔著面具，羅娜卻很清楚這女人正在嘲笑著自己！

正焦慮地等待著接下來將發生的考驗，羅娜再次聽到主持人班傑明的聲音。

「哎呀，看來好戲要登場啦！身為主持人的我也不知道遙控器號碼背後的意義，不然真的好想告訴娜娜醬答案呢！攝影機請好好捕捉娜娜醬慌張的表情喔，肯定會讓許多深夜觀眾覺得十分可愛吧！」

班傑明的話語聽在焦急的羅娜耳中，是多麼地諷刺。在這種情況下，沒有巴哈姆特與法哈德兩名式神，雙手還被鐵環銬上，她和普通人根本沒什麼兩樣！

可惡……

她到底該怎麼辦才好？難道真的只能如此束手無策嗎？

她不想放棄，只是下一秒，又有另一種聲音出現在現場。

是水聲。

羅娜以為自己聽錯了。

可那湍急的水流聲卻十分清晰，大量液體流動的聲響，正滔滔不絕地朝羅娜所在的地方不斷湧現！

羅娜難以置信地睜大雙眼，沒想到聖王學園的最終測驗竟會嚴苛到這種地步！

不！這遠遠超出考試的範圍了！這根本是草菅人命！

「考委會真是痛下殺手呢——又或者說，我們的觀眾真的是狠毒呢！居然是這麼殘酷的考驗啊！」班傑明再次扯開嗓子大聲宣告，「這一次，我們的娜娜醬究竟能不能逃離被水溺斃的嚴苛考驗呢！」

嘩啦嘩啦的水流聲不斷從四面八方傳來，羅娜瞬間慌了手腳，面對這逐漸升高的水量，一時間竟不知該如何是好。

「我說考委會會不會太過分了！這可是會出人命的！」

羅娜驚慌地看著四周，腦海裡只有一個念頭，那就是如果不趕快逃離這裡，她遲早會被這持續湧入的水給淹沒！

再次用力扯動手上的鐵環，她絕對不能坐以待斃！

雖然懷疑過考委會是否真的會這樣無視人命，何況還進行著線上直播，難道就不怕警方介入調查嗎？

等等，如果是聖王學園，真有可能動用權力，使相關機構其無法追究責任……

不行！她才不要將命斷送在這裡！

「啊，可惡——」羅娜忍不住大聲喊叫，完全顧不得娜娜醬的形象，此時水量已經來到她臀部位置了！

本來還抱持著僥倖心態，想著水位到一定程度應該就會停止。可惜，湧入的水流絲毫沒有減少的跡象，羅娜再一次希望幻滅，只能絕望地不停掙扎。

來不及了——

一半的身體已經浸泡在水中，緊張到快哭出來的羅娜用力一吸，將鼻涕和眼淚都倒吸回去。

她不能哭！

在徹底被打倒之前，她不能哭！

當初跟意外過世的爸媽約定好了，在她找出真凶之前，絕對不能輕易哭泣！用手肘擦了擦臉上的汗，偷偷甩掉眼角的淚光，羅娜這心急又讓人心疼的模樣，透過鏡頭被許多人看在眼中。

或許有人在螢幕前為羅娜的處境感到緊張難過，但現場的觀眾，卻無人為她的困境而心生憐憫。

就連主持人也用絲毫不受影響的開朗聲調說：「娜娜醬好可憐啊，只是我們現場的觀眾好像沒人願意伸出援手呢。不，應該是大家都想看到娜娜醬被逼入險境的模樣吧？」

班傑明再次補充道：「雖然本次考試是『深夜節目』，但收看人數居然不輸其他時段！果然大家都想看娜娜醬受苦嗎？還是想看更重口味的劇情呢？哈哈。」

主持人挖苦的冷嘲熱諷狠狠擊中羅娜，但此刻的她根本無法做出任何回應，現在水量已經淹至她的脖子，很快就要蓋過她的口鼻了！

這個時候，羅娜仍沒有放棄掙扎，仍使盡全身力氣想掙脫鐵環。在她拚命之下，銬住雙手的鐵環已經有些鬆脫。羅娜不想管這到底是自己拚盡力氣的成效，或是考委會偷偷放水，在沒完全掙脫之前她無暇思考這些。

「哎呀！水已經淹到娜娜醬的臉啦！再這樣下去，我們的娜娜醬就要被滅頂了！」班傑明的聲調變得激昂起來，透過麥克風，興奮地大聲吶喊。反觀現場觀眾，仍是一片死寂地沉默。同時，在班傑明的解說下，線上收看人數也不斷地往上增加。

在那些奇形怪狀的面具之下，一雙雙如火炬般的眼睛盯著即將被水淹沒的羅娜。隔著一面強化玻璃，卻無人願意替她打破這足以致命的牆。

人心的漠然可怕，透過這場測驗展露無遺。

「咕嚕……」

此時，羅娜已經完全被水淹沒，氣泡從口中不斷溢出。她趕緊閉上嘴巴，她必須盡可能保存氧氣，並再次告訴自己絕對不能死在這裡！

好不容易，她的右手終於掙開鐵環、抽了出來，可是另一手仍被銬住，鐵環毫無鬆開的跡象。

如果這時候巴哈姆特或法哈德在就好了——

如果他們在的話——

「沒想到娜娜醬居然將一隻手掙脫開了！真不愧是我們求生表現最好的考生！只是僅僅一隻手能自由行動，真的能脫離險境嗎？」班傑明的聲音依然響亮，但隔著水，傳到羅娜耳中已經變得相當小聲。

「現在，考委會給了我一個新的訊息，要告知我們編號一百六十三號的考生羅娜喔！」班傑明突然話鋒一轉，「考委會將徵求羅娜的意見——若是現在羅娜同學願意放棄入學資格，即可立刻解除水牢。羅娜同學，有聽見我說的話嗎？」

羅娜聽見班傑明的詢問，但她仍在水中試圖扯開第二個鐵環，似乎沒有打算做出回應。

「看來我們的娜娜醬好像沒聽清楚呢？羅娜同學，我再次代替聖王學園考委會詢問妳的答案——請問妳是否願意放棄聖王學園的入學資格呢？只要妳點頭，此刻的痛苦和生命危險就可以立即解除喔！」

羅娜依然沒有半點答應的意思。鏡頭前的她只是不斷嘗試掙脫，一次又一次，縱使面露痛苦的神色也沒有鬆口。

對羅娜來說，她都走到了這一步，一路上什麼樣的風雨都經歷過了，怎麼可以為了苟活便什麼都不管不顧？

就這麼放棄快到手的入學資格？

這樣她怎麼對得起巴哈姆特？

怎麼對得起持續數年、不斷努力想要查清真相的自己？

又怎麼能告慰爸媽的在天之靈！

「真的不打算放棄嗎？都到這種地步了，看來娜娜醬這頭小羔羊還真是堅持呢。」

羅娜已經無法聽清楚班傑明的聲音了。此時，他卻突然將話題抛向觀眾席上、戴著狐狸面具的女人，「如何？將羅娜逼至如此絕境的妳，此刻的心情如何呢？」

「唔，怎、怎麼突然問我這個……」被點名的當下，戴著狐狸面具的女人似乎有些錯愕。

「哎呀，妳怎麼會不知道該說什麼呢？羅娜現在的處境可是妳的選擇啊，妳是如此痛恨害妳被淘汰的羅娜，看她這樣妳應該很開心才是——」班傑明似笑非笑的聲音透露出一絲戲謔。

當事者一時間沒有做出回應，過了好一會才勉強地說：「哼、哼哼，說什麼傻話，這、這不是理所當然的嗎？」

戴著狐狸面具的女人硬是扯了扯嘴角，看起來有些強顏歡笑，她別過頭去，不敢正視前方瀕臨死亡的羅娜。

「哦？如果真是這樣，為何妳心虛地不敢看向前方呢？」班傑明繼續用犀利的語氣說道：「好好轉過頭來看著啊，妳要知道，如果羅娜被淹死的話，是妳一手造成的喔？」

刻意加重語氣，還不忘讓攝影機鏡頭捕捉羅娜此時痛不欲生的模樣。

聽到這樣的話，戴著狐狸面具的女人仍逞強地說：「我、我看就是，沒錯我就是想……想看到她這個樣子！」

她轉過頭，勉強看向在水中拚命掙扎的羅娜，說話的音量也越來越小。

「那就仔細、認真、好好地看著，看著妳所憎恨的羅娜，害妳被淘汰的羅娜的最後一面吧——」

在班傑明這麼說的同時，被囚禁在水牢中的羅娜已快撐不下去了。緊緊鎖上的眉頭、逐漸鐵青的臉色、痛苦猙獰的表情……全都鮮明地烙印在狐面女人的眼中。

眼看羅娜最後一口氣即將耗盡之際，戴著狐狸面具的女人突然大喊一聲：

「夠了！」

顯然已經忍耐到了臨界點，再也無法看下去的狐面女人崩潰吶喊，同時拿起手中的遙控器用力一按。

「夠了夠了夠了！我受夠了！」

於她咆哮的同時，隨著按下搖控器上的按鈕，原本圍在羅娜四周的強化玻璃快速地降下。本來已經淹至頂端的水瞬間嘩然流瀉而出，很快解除了羅娜窒息的危機。

「咳、咳咳……」

先張開嘴快速吸了一口氣，接著是一連串咳嗽，羅娜好不容易從水中掙脫出來，模樣相當狼狽。她還沒搞清楚自己究竟是如何脫離危機，現在光是好好吸上一口氣就疲累萬分。她渾身濕透、氣喘吁吁，凌亂的髮絲不停地淌著水滴。

反觀在觀眾席上的狐面女，她一手摀著臉，一手顫抖地握著遙控器，同樣止不住地喘息著。

「居然用這種方式來逼迫我……為什麼……為什麼要這樣對我……又為什麼我無法狠下心來……可惡……」她垂著頭，用著微微哽咽的聲音喃喃自語。

狐面女沒有意識到手中的遙控器已經掉落，她站起身，黯然地摘下狐狸面具。

「啊……果然是這樣子嗎……」露出一張清秀的面孔，她的雙眼泛著淚光，恍然大悟卻又不甘地咬著下唇。

一直以來，她都認為自己是因羅娜的緣故，才被擠出聖王學園入學考。就如同她一直以為，眼前這場考試是針對羅娜，同時也是給她一吐怨氣的機會。

可是，見到羅娜快要窒息而死的剎那，她終於明白——

難怪自己是被淘汰的那一個。

對於進入聖王學園，她沒有那種必死的決心，無論是對自己抑或是對他人。她無法狠下心來承擔他人的死亡，眼前這場考驗，不僅僅是測驗羅娜的決心，也是讓她看清楚自己的怯弱。

多麼鮮明的對比，多麼殘酷的考驗，聖王學園不需要弱者，而是要全心全意投入一件事的強者。

只是她萬萬沒想到，聖王學園竟會將如此殘忍的考驗作為考試內容……

真是太可怕了，實在無法想像進入學園後，還會有什麼更令人無法招架的事等待著她。

她也不怕在鏡頭前曝光自己的真面目了，反正之後她再也不會和聖王學園的一切事物扯上關係。就讓那些費盡心思想考進聖王學園的人，透過她、透過這場測驗，看清楚這裡有多麼嚴苛殘酷吧。

落地的狐狸面具驟然碎裂，被原本的持有者用高跟鞋狠狠踩過。

第三章

Scepter of Rose King

深夜時分，夜深人靜，在大多數人都沉浸於夢鄉之際，有人才剛熬過生死大關。

「呼……呼呼……」羅娜喘著氣，身體仍不自主地發抖著，方才浸泡在冷水中的寒意還未完全退散。

她心有餘悸，剛逃過一場死劫，就算是歷經數次難關的羅娜也無法立刻平復心情。她臉色發白、嘴唇冷冰泛紫，不停地打著哆嗦，差點在水中窒息而死的恐懼在心頭縈繞。

心跳快如擂鼓，她只能確定自己還活著。除了「活了下來」這件事，其他她都無法思考。

這時，班傑明的聲音又透過廣播傳了過來，「娜娜醬，恭喜妳呢，妳的決心使妳戰勝了難關。」班傑明接續說：「不過，妳的最終測驗還沒結束喔，可愛的娜娜醬。」

「什麼……」聽到班傑明的話後，羅娜過了一會才反應過來。她愣愣地抬起頭，眼神迷茫地望著天花板，像在找尋藏身於暗處的班傑明。

「忘了跟妳說，被挑選出的十名觀眾中，我們會讓兩名觀眾與妳進行互動。」

「也就是說，還剩下一名……對嗎……」羅娜的嘴唇微微顫動，發出細微的聲音。

她就知道測驗沒這麼簡單……只是，才剛開始就已經要了她的命，她很難想像接下來還要面對什麼樣可怕的難題。

如果式神能回到她的身邊……不，不能再有這樣的念頭了！

她得預想最糟糕的情況，也就是到最後都不會有式神來幫助自己，如此一來，才不會一直抱持著過高的期望。

她要振作起來，哪怕只有一個人孤軍奮戰。因為決心要進入聖王學園的人不是她的式神，而是她自己——羅娜！

「現在要放棄還來得及喔？娜娜醬？」班傑明用充滿挑釁的口吻向羅娜問道。

眾目睽睽之下，羅娜將腰桿緩緩地挺直，她閉上雙眼深吸一口氣，再用力睜開雙眼，露出炯炯有神的目光，「不，即便沒有式神的協助，我也會奮戰到底。」

羅娜長長的睫毛上還垂掛著幾顆水珠，但眼神卻散發出堅定的意志。

「哦呀，真不像『娜娜醬』會有的發言呢，這麼帥氣的一面可不是我們熟知的娜娜醬啊。」班傑明挖苦地反問羅娜。

「少囉嗦，人家等得不耐煩了！快點進行下一項考驗吧！」雖然想直接不客氣地回嘴，但羅娜仍努力保留了一點娜娜醬的形象。

「哈哈，娜娜醬別生氣，這就來了。那麼，第二位要上來考驗娜娜醬的人是誰呢？」似乎對羅娜的認真感到有些意料之外，班傑明發出尷尬的笑聲後，隨即切入正題。在他拋出這句話後，現場觀眾一片沉默，還被銬在床上的羅娜則緊張地思考著，下一個走上舞臺的人會是誰。

羅娜心想：來啊，不管是誰，她都會好好活著通過考驗！為了進入聖王學園，為了追查當年的真相，她無論如何都要堅持下去！

此時，一道身影從觀眾席上站了起來，那是一名戴著夜梟面具的男子。他身上穿著與其他觀眾不同的黑色長袍，就像某些神祕宗教團體的制服。

這次，會是誰呢？

又是怎樣對她懷恨在心的人？

到目前為止，羅娜從沒想過自己在考試過程中，竟無意間得罪了這麼多人。不過話說回來，不管對方是誰，她當前最重要的任務，就是趕快解開另一手的鐵環。

只要雙手能自由，她就有反擊的機會！

「看來是我們的夜梟同學出場了呢！」看到觀眾席上有人站起來後，班傑明似乎頗為高興地說道，「夜梟同學，請帶著你的搖控器走上舞臺。」

在班傑明的引導下，戴著夜梟面具的男子緩步離開觀眾席，朝羅娜所在的舞臺走去。

羅娜盯著這個人，比起一開始警戒了許多，她不曉得對方的來歷，更不曉得對方對自己的想法。

夜梟假面踏上舞臺、來到羅娜面前，從面具底下發出了磁性的嗓音：「娜娜醬……」

「這……這聲音……你是……」

羅娜話還沒說完，對方就彎下腰，將食指抵在她的唇上。

「噓，別說，就連主持人都不知道我的身分呢。」

明明看不到面具底下的表情，羅娜卻能感受到那個人令人膽寒的囂狂。

是那種看到獵物的興奮。

「為什麼……為什麼你會在這裡！」

「為什麼我不能在這裡呢？主辦單位又沒限制參加者的條件。」

戴著夜梟面具的男子聳了聳肩，他伸出手來，開始撥弄羅娜濕漉漉的髮絲。

「別碰我，你這傢伙肯定不是用正常管道進入觀眾席的吧！」羅娜用力地甩掉對方撥弄她頭髮的手。

「嗯？誰知道呢？是不是正常管道很重要嗎？」收回手後，夜梟假面一手托著下巴，歪頭反問著。

「依我對你的了解，你絕對是把原本的觀眾給滅口了吧？不對，你應該是附身在目標身上，這樣就能不費吹灰之力頂替對方！」羅娜倒抽一口氣，雙眸狠狠地瞪著對方。

「不愧是我的娜娜醬，這麼了解我，難怪我總是對妳如此迷戀。」

夜梟假面再次撩起羅娜的髮絲，彎下腰來，將臉湊近手掌，深深地聞了一口，還刻意發出明顯的鼻音。

「啊……真是迷人的味道，我最熟悉的娜娜醬的芬芳……啊啊，光是這樣，我就快要克制不了自己了呢。」一手捧著臉頰，一邊發出陶醉的呻吟，夜梟假面耽溺地讚嘆著。

「真是變態……徹徹底底的變態……」羅娜咬緊牙根，用已經掙脫的右手想甩對方巴掌。只是手才一揮過去，就被對方精準地抓住。

「不可以隨隨便便動粗喔！娜娜醬，妳可是偶像呢。」夜梟假面緊抓著羅娜的手腕，刻意壓低嗓音，若有似無地威脅羅娜。

看到羅娜仍咬牙切齒地瞪著自己後，他又發出輕笑，放開了對方的手。只見羅娜的手腕被掐得通紅，足以想像當時男子用了多大的力氣。

「哼……用不著你提醒。」羅娜自有分寸，她可不想讓這傢伙這麼對自己說！

話說回來，這傢伙不是單純為了和她說這些吧？他到底有什麼企圖……嘖，沒想到會在最終測驗又遇到他……

「呵呵，娜娜醬在想什麼，我都看得出來喔？」伴隨著惱人的笑語，夜梟假面再次逼近羅娜。

羅娜不想理會對方，對方似乎也不在意，而是接續說道：「娜娜醬剛剛應該是在想……我到底在打什麼主意、有何企圖……對吧？」

聽對方這麼說，羅娜愣了一下，她睜大雙眸看著眼前這張面具。

「瞧妳一臉驚訝的樣子……是不是很訝異我為何會知道呢？別太小看妳的忠實粉絲喔，娜娜醬。妳的心思和一舉一動都逃不過我的法眼。」夜梟假面一邊說，一邊緩緩將手伸到自己的面具上，「因為——我是從一而終、最支持妳粉絲啊。」

隨著話音落下，夜梟面具和披風被摘了下來，露出了羅娜熟悉的那張面孔。

「星滅，果然是你！」

即使早就猜到是這個人，但見到真面目揭曉的瞬間，羅娜還是忍不住倒抽一口氣。

映入她眼簾的男人，有著一雙漂亮的綠色眼眸，身上的黑色皮衣使得身體曲線十分明顯，背後還有一條狼尾露在外頭，時不時搖擺著。他笑起來時，可以看到一對小虎牙，模樣帥氣中帶了點狡詰可愛。

但，這只是外表給人的假象。

嚴格來說，星滅根本不是真正的活人，也早就不是當初在擂臺上和她對戰的那名考生……

從他那異於常人的蒼白臉色、渾濁的黑眼圈以及透著詭異青紫血管的皮膚，這些都不斷提醒著羅娜……

眼前的這個人，是已經死亡的幽魂。

但從對方能夠碰觸到自己的情況來看，驗證了羅娜當初的猜想，星滅確實是依附在他人身上。

至於身形樣貌……只要星滅願意，暫時將對方的外表改變也不是什麼困難的事。

「哎呀，居然拿下面具！這名觀眾很有勇氣啊！」主持人的聲音在夜梟面具被摘下之後再度出現。

聽到班傑明聲音，羅娜立刻轉頭對著前方大喊：「主持人！這樣真的可以嗎？這傢伙不是原先安排出場的觀眾吧！」

「嗯，關於這點，我也不太清楚呢。」

「哈啊？」聽到班傑明這麼回應，羅娜愣了一下。

「雖然我是主持人，但我也沒有真正的觀眾名單喔。也就是說，是否有人頂替或假冒，根本無從確認呢。」

「什麼？」羅娜簡直傻了眼，她根本沒想到班傑明會這樣回答自己。

「握有真正觀眾名單的只有聖王學園考委會，如果考委會沒有表示的話……」班傑明說到一半，稍作停頓，像是正在跟誰確認什麼。過了一會，他再次用麥克風說道：「剛剛考委會來電，經過確認，認為此舉不會影響考試結果，測驗將繼續進行——」

「什麼？你沒開玩笑吧！」羅娜難以置信地睜大雙眼，一旁的星滅則笑得更為詭譎得意。

「怎麼可以這樣？這傢伙分明就不是觀眾！甚至根本不是人類啊！」

「這個嘛，我只負責現場實況轉播，既然考委會都說沒關係了，那就只能照著辦囉。」

「怎麼會……這根本不合常理啊……」得知自己的抗議無效後，羅娜就像洩了氣的皮球，垂下肩膀。

「聖王學園的入學考試哪一次合理了？娜娜醬，妳還真是天真啊。還以為一路過關斬將的妳會多少成熟點，想不到還是這麼傻呢……該說妳保有初心、可愛天真嗎？」星滅的聲音拉回了羅娜的注意力，他主動地勾起羅娜的下巴，略微輕佻地說道。

「再怎麼不合理……至少以往在聖王學園的入學考中，從未出現這種先例。」羅娜強硬地扭過頭，不屑讓星滅碰觸她任何一吋肌膚。

她不懂星滅為何會對自己如此執著？

真的只是單純粉絲的迷戀？

又或者另有目的？

真是夠了。繼法哈德之後，怎麼又來一個對她偏執迷戀的傢伙？她一點都不想要這種爛桃花啊！

「呵，不管妳怎麼說，現在我站在這個舞臺上，還握著決定妳是否能通過最終測驗的遙控器……所以說，娜娜醬，還是乖乖聽我的話，別惹我生氣比較好喔。」星滅嘴角揚起殘忍的笑容，又輕輕地撫摸了一下羅娜的臉頰。

「好了，現在是時候給妳考驗了，娜娜醬。」星滅露出可愛的小虎牙，臉上卻掛著陰冷的笑容，「娜娜醬，妳曾經迷戀過哪個偶像嗎？」

「這是哪門子奇怪的問題？」羅娜眉頭一皺，對於這突兀的提問，她毫無頭緒。

「雖然妳的粉絲不多，但至今為止，妳都是被人喜愛迷戀的偶像。」沒理會一頭霧水的羅娜，星滅自顧自地說了下去，「形象保持得還算可以，雖然有幾次出包，但只要賣萌裝可愛就可以蒙混過去。」

星滅的話讓羅娜一臉茫然。她心想：這傢伙專門來拆她的臺嗎？總覺得事情不可能那麼簡單。

「在進到考場之前，我特別準備了一些收藏已久的寶貝寄給考委會，如果我沒猜錯的話，現在考委會已經將東西按照我的意思布置好了。」

「收藏？布置？這麼說來，考委會果然早就知道你的意圖，還讓你這麼做……」雖然對星滅接下來要做的事情毫無頭緒，羅娜卻間接應證了自己的猜測。不管星滅想做什麼，能讓考委會同意成為她最終測驗的人選之一，那考驗內容肯定不好過！

「誰知道呢？總之，妳做好準備了嗎，娜娜醬？」

星滅轉過頭，再次懸起一抹讓人不寒而慄的笑容，並刻意地舉高手中的遙控器。

「不管什麼考驗，我都不會放棄的！」

「呵，說得真好聽，那就讓我看看……我可愛的娜娜醬到底能不能突破『自我』呢？」羅娜的回答令星滅頗為滿意，他點了點頭，按下手中的搖控器。

「來吧，我為娜娜醬精心打造的考驗——」

羅娜還沒看清楚周圍環境的變化，手上的鐵環便應聲開啟。看著重獲自由的雙手，羅娜有些意外地眨了眨眼，被上銬的部位仍有些微微疼痛。儘管不知道等在自己面前的考驗是什麼，至少能夠自由行動，讓她心中踏實了些。

「來吧，娜娜醬——」一旁的星滅伸出手來，紳士般對著羅娜溫柔地發出邀請。

羅娜當然不可能被這種伎倆所騙，星滅越是溫柔，她越覺得有詐。面對星滅伸出的手，羅娜直接無視，「人家可以自己下來，用不著你假惺惺，哼。」要不是鏡頭還在拍攝，羅娜真不想在星滅面前繼續偽裝成娜娜醬。

「哦呀，還是這麼有骨氣呢，不愧是我迷戀的娜娜醬。」星滅收回手，即便被羅娜無視，他還是一臉愉悅。

羅娜看到星滅皮笑肉不笑的表情，讓她更加倒胃。她從床上跳了下來，像是感應到她的行動，周圍開始傳來機關啟動的嘎嘎聲響。

這似曾相識的聲音，讓羅娜不由自主地猜想，在前方等待著自己的考驗究竟是什麼？

她嚥下了一口口水，心跳飛快。她偷偷瞄了旁邊的星滅一眼，對方除了一成不變的笑臉外，根本找不到任何線索。

想起前一個按下遙控器的人，是如何用水刑來虐待自己……羅娜的呼吸忍不住急促起來。

這時，前方突然出現一扇無比突兀的門扉。

看著眼前這平凡無奇的門，羅娜還沒反應過來，周遭又漸漸地暗了下來。原先能看到的觀眾席和攝影機鏡頭都沒入黑暗之中，甚至本來站在她身旁的星滅都不見蹤影。

這是怎麼回事？

為何所有人都不見了？

羅娜不敢掉以輕心，現場唯有前方這扇門上打著一束顯眼的鎂光燈，彷彿告訴她，此刻僅有這唯一的選擇一般。

「嘎……」

在白熾的燈光下，這扇無人觸碰的門扉緩緩地自動開啟。

咕嚕，羅娜再度吞下一口口水。

她最不擅長應對這種吊詭的氛圍啊！

雖然她不怕幽靈或妖魔鬼怪，卻十分懼怕這種恐怖殺人片的氣氛！

只是眼下別無選擇，她總不能像木頭一般杵著不動，只得硬著頭皮走了進去……

努力克服心中的恐懼，羅娜身體緊繃、僵硬地伸出手將門推開。

沒事的，鼓起勇氣，不管遇到什麼挑戰，她都會盡最大的努力去克服！

堅定的神色重新回到羅娜臉上，然而，等在她面前的挑戰是……

「歡迎來到我的收藏屋，娜娜醬。」耳邊響起了星滅得意的聲音。

「這就是你的惡趣味嗎，星滅……」

羅娜轉動著眼珠子，打量四周環境，她雖然故作鎮定，實際上內心已經打了好幾次冷顫。

並不是害怕，而是感到噁心反胃。

前方映入她眼簾的，是一樣樣懸掛起來的、與「娜娜醬」有關的產品。看到一張張自己的臉，各式各樣的表情與姿態，其中甚至有連本人都沒有察覺的模樣。不知為何，明明都是自己的容貌，羅娜卻覺得有些可怕。

而且，羅娜從未開放任何肖像授權，照理說不應該有任何「娜娜醬」的周邊商品生產販售。

那麼，星滅的收藏品又是打哪來的？

「如何，喜歡我的收藏嗎？親愛的娜娜醬？」一旁傳來星滅的聲音，不知何時，他已再度現身。

「這些東西……究竟哪來的？」羅娜壓低嗓音，神情嚴肅地看著星滅。

「啊啦，難道娜娜醬不知道嗎？」星滅像是意外地摸著自己的臉頰問道。

「我知道的話，還需要浪費口舌問你嗎？」羅娜沒好氣地反問回去，面對星滅，她總是顯得很沒耐性。

「呵呵，我以為妳知道嘛……既然妳這麼好奇，我就好心告訴娜娜醬吧——這些東西都是我親手製作的喔。」

答案一說出口，羅娜卻一點也沒有感到受寵若驚，只是更加嫌惡地看向星滅。

「娜娜醬，妳知道我是如何製作這些心愛的收藏品嗎？」

「我沒興趣知道！也不想知道！」不好的預感湧上心頭，羅娜想都沒想立刻拒絕。

「別這樣嘛，這些都是我的嘔心瀝血之作呢。娜娜醬，這些收藏品上的照片，都是我努力跟拍的成果喔。有的則是從直播影片上不斷定格放大，辛辛苦苦剪接下來的呀。」星滅不顧羅娜一臉厭惡地看著他，自顧自地說道，「妳都不知道我花了多少時間……啊，不過這不打緊，只要能製作出這些美麗的收藏品，一切都值得吶。」

「你真是夠了……！」羅娜握緊拳頭，只差一點點，只差一點點她的理智線就會斷裂，就會忍不住衝上前、不顧一切揍對方一拳了！

可最後的理智拉住了她，她告訴自己，僅管看不到任何攝影機鏡頭，也不能輕易曝露真面目。

「作嘔？真是怪了，這些明明都傾注了我對妳的愛啊。」星滅揚高尾音，接著浮誇地捧著自己的胸口。

「如果你只是想炫耀這些令我作嘔的東西，就別繼續丟人現眼了。」

羅娜毫不領情，她怎麼可能會接受這些星滅製作出來的產物？只是過去被偷拍了這麼多張照片，她居然完全沒有察覺異樣？

不只是她，竟然連巴哈姆特都沒有注意到？

她的老天爺啊，星滅某種層面上來說，是超強痴漢吧！

「哦呀，說這種話就不怕有損娜娜醬的形象嗎？如此不可愛的說話方式，可不像是鏡頭前那個可愛的少女偶像喔？」星滅眉頭微微上揚，賊賊地對著羅娜笑了一笑。

「別想用人家的形象來威脅我，星滅！」

每次對上星滅，羅娜就會忍不住本性畢露，她只好在心底不斷提醒自己，要記牢偶像的身分。不過要是星滅真的惹毛她，就連她也很難保證自己不會暴走。

「威脅？不，我怎麼會威脅我最心愛的娜娜醬呢。真正威脅妳的，不是我，而是妳自己。」

「我自己？」聽到星滅刻意壓低的聲音，羅娜既訝異又有些費解。

「娜娜醬，妳沒有仔細看這些收藏品吧？」

羅娜皺起眉頭，開始認真觀賞星滅的「傑作」。

「這、這些照片是……！」羅娜猛然倒抽一口氣，瞳孔微微收縮，冷汗急速地從額頭滑了下來。

「這些都是我……」

這些都是她在私底下「不為人知」的一面！

每一張印在收藏品上的照片，不是她毫無形象指責某人的模樣，就是素顏穿著邋遢睡衣褲的樣子。其中最令她在意的，是一張被鎖在透明玻璃盒中的光碟片。

「看來娜娜醬已經注意到我第二珍愛的收藏品啦？」

「那到底……是什麼？光碟裡究竟有什麼內容！」羅娜艱澀地嚥下一口口水，她心裡有種非常不好的預感。而且「第二珍愛」又是怎麼回事？難道還有所謂「第一珍愛」的收藏品？

「呵呵，娜娜醬想知道嗎？」星滅依舊不改那令羅娜感到惡寒的笑容，「真的想知道嗎？」

「不，我不想知道，我一點也不想知道！」忍住好奇的欲望，羅娜緊握雙拳，堅定地對著星滅吼道。

「不想知道也沒關係，但我相信很多人會很感興趣的——」沒給羅娜回話的機會，星滅又繼續說道：「來吧，我早就準備好了，請好好欣賞我的珍藏吧，娜、娜、醬。」

當著羅娜的面前，星滅按下手中的搖控器。剎那，一道熾烈的白光射入，將昏暗的空間稍稍照亮。

在羅娜的正前方，強光投影在方方正正的銀幕上，出現帶著斑駁痕跡的影像。

畫面上的數字開始倒數，三、二、一——

羅娜的身影赫然出現在影片之中。

「這是……我？」羅娜睜大雙眼，看到自己出現在影片中，心中那股不安變得更加濃烈。她眨了眨眼睛，嚥下一口又一口的唾液，既是抗拒又迫不急待地想要看下去。

她看著影像中的自己，正坐在聖王學園的考生休息區。她平常總戲稱那是後臺，一般來說，轉播考試的攝影鏡頭並不會拍攝到。

影片中的「羅娜」露出一副剛結束考試的疲倦模樣，在四周無人的情況下，「羅娜」轉了轉脖子，敲一敲自己的肩膀，接著拿出一個牛皮紙袋。

當看到影片中的自己拿出紙袋時，羅娜整個人微微張大嘴巴，她立刻就回憶起這影片接下來將播放的內容！

「停……停掉……快停掉……」羅娜喃喃自語，神色顯得十分緊張。

她的臉色越是難看，星滅的神情就越是愉悅。他故作聽不見一般，將手放在耳邊問道：「妳說什麼呢？太小聲我可是聽不見啊，娜娜醬。」

「停……停……不、不能再播下去了……」冷汗不停從額前沁出，更加突顯了羅娜的慌張。

同時，畫面上的「羅娜」一臉了無生趣地將紙袋裡的東西倒了出來，一張張五顏六色的花俏明信片散落在桌上。

「羅娜」拿起一張明信片，面無表情地念著上頭的文字：「親愛的娜娜醬，今天的表現一樣很棒喔，我們會永遠支持妳的……」

隨後，「羅娜」又隨意拿起另一封信：「娜娜醬，妳可愛的姿態都烙印在我的心中！請務必進入最終測驗，並成為聖王學園的一分子！」

念到最後，「羅娜」發出一聲短促的冷笑，「什麼可愛，什麼支持，你們真的懂我嗎？是真心希望我考入聖王學園嗎……」

「羅娜」用輕蔑的眼神看著這些信件，「你們這些所謂的粉絲到底懂我什麼——」

影片畫面戛然而止。

偌大的銀幕，將「羅娜」不以為然的冷笑定格。

「哎呀——」星滅刻意拉長尾音，「這是怎麼回事呢？天真、善良、爛漫又無邪的娜娜醬，怎會說出這麼令粉絲心碎的話呢？」

平時總能反駁幾句的羅娜，一時間竟啞口無言！

羅娜愣愣地看著影片中定格的自己，頓時覺得無地自容，沒想到星滅竟然偷拍到她無法示人的另一面！

「這是怎麼回事呢？我們可愛的娜娜醬是這樣看待粉絲的嗎？原來，娜娜醬所有的一切，都是裝出來的嗎？」主持人洪亮嗓音，赫然在羅娜耳邊響起。

緊接著，一陣強烈的燈光剎時襲來，周遭原本的昏暗全被光海吞噬。羅娜看到自己身處在透明帷幕之中，一轉身，就能看到被隔絕在外的觀眾與攝影機鏡頭。

「不、不是這樣的……」

不知所措。

她腦海裡一片空白。

羅娜茫然地看著戴著面具的觀眾，完全不曉得自己接下來該如何應對。

她這段時間辛辛苦苦建立起來的一切，全都毀於一旦。

麻木的感覺從羅娜腳底直竄腦門，儘管她曾經預想過真相被拆穿的一天……卻沒想到會是在這種情況下！

對，她是厭惡那些總對自己心懷不軌的粉絲，但比起粉絲，她更是打從心底討厭這個偽裝出來的「娜娜醬」！

為了在考試中脫穎而出，為了進入聖王學園找尋真相，羅娜早就決定就算不擇手段也要達到目的。

即便扮演「娜娜醬」的過程如此痛苦，即便自己一點也不喜歡那些不斷靠近自己、碰觸自己，甚至跟蹤自己的粉絲，她還是要僵著笑容、緊咬牙根，在他們面前表現出「娜娜醬很高興，娜娜醬喜歡你們喔」的神情。

她知道這麼做是一種欺騙，不光是欺騙那些投票給自己的粉絲……更是欺騙自己。

她早就想好了，只要能順利考上聖王學園，一定會找個時間將自己真實的心聲說出來，並向支持「娜娜醬」的粉絲們鄭重地道歉。

她明明都已經想好了，如今卻連好好道歉的機會都沒有。

此刻，她只感覺到恐慌和不知所措，混亂的念頭如魔咒一般緊纏著自己。羅娜雙手抱住自己的腦袋，眼珠慌慌張張地左右轉動。汗水的開關就像失控一樣，不停地從額頭沁出。

她到底該怎麼辦才好？

現在她才明白，為何臺下的觀眾都戴著面具。原來，就是為了揭發她一直以來偽裝的假象！

從今爾後，她該如何面對自己的粉絲？

光是想想就覺得可怕，尤其是她口中「所謂的粉絲」，就是最支持她的那群人……

天啊，不能再想下去了！

一定要想辦法！要趕緊找個藉口或說詞蒙混過去！

「不是這樣？難道妳想說畫面中的人不是妳？」星滅的質問聲再次傳來，狠狠地打了羅娜一巴掌。

「這、這一定有什麼誤會……」羅娜緊張地左顧右看，一邊聽著前方觀眾席議論紛紛的聲音，一邊還得面對星滅在一旁加油添醋。

「誤會？這種說法還真是很『偶像』呢……很多電視前的偶像，在醜聞被報導出來後，都是這樣說的呢。」不留情地針對羅娜的痛處，星滅每一字都如刀刃般刺著羅娜的心。

「這、這都是你偷拍的畫面……根本、根本就不是那麼一回事啊！我、我……主、主持人！難道可以接受把犯罪證據放在公開平臺上嗎！」羅娜急著抓住最後一根稻草，大聲地對主持人進行抗議。

然而，班傑明的回應卻讓羅娜徹底死了心。

「羅娜——妳真是太讓我失望了。」

「欸？」

主持人的這句話，讓羅娜晴天霹靂般傻在原地。

「雖然先前妳偶有表現失常，但沒想到妳原來是這種人啊……『娜娜醬』原來只是妳虛偽的假象。」字字句句冷冽如冰，在羅娜反應過來之前，班傑明又說道：「看來必須好好懲罰妳呢，不乖的壞孩子。」

「等、等等，懲罰？」

接二連三的事件讓羅娜反應不過來，星滅也沒有給她緩衝的機會，他再度揚起手中的遙控器，對著羅娜說道：「娜娜醬，為了揭發妳的真面目……我可是等了好久好久呢。」

星滅露出與他個性截然不同的淘氣虎牙，邁開步伐，走到臉色發白的羅娜面前。羅娜反射性地退後了一步，心中的懼怕在星滅靠近時加劇不少。

這種時候，為何她是孤獨奮戰呢？

巴哈姆特，巴哈姆特你在哪裡啊——

「妳在發抖呢，娜娜醬。我有這麼可怕嗎？」星滅伸出手，想要撫摸羅娜的臉頰，羅娜趕緊別過頭去，惶恐地看著面帶詭意笑容的他。

「別……別碰我！我、我只是因為泡在水裡發冷顫抖而已……」愛逞強的她嘴硬地編了一個牽強的理由。

儘管對星滅心生恐懼，卻不是因為星滅這個人，而是懼怕著他不知又要做出什麼事。公開她私下不堪的照片及影片，已經讓她備受打擊，她不清楚自己還能不能承受接下來的考驗。

羅娜知道，就算如此難堪，只要她還站在這個舞臺上，只要考試還沒結束，她說什麼都不可以倒下！

或許是下定了決心，也做好最壞的打算，本來還在發抖的身體漸漸恢復正常。

就算輸，就算要背負罵名……那也是日後的事！

她好不容易來到這最終的舞臺，至少要讓她好好地結束測試！

「我……我是不會認輸的……」

「哦呀？妳說什麼？太小聲了，我聽不見啊——」星滅眉毛微挑。

「我說……我是不會認輸的！」羅娜抬起頭來，身體也不再顫抖，取而代之的，是重新變得堅定的目光。

她握緊了拳頭：「我不僅不會認輸，我甚至……還要感謝你。」

「哦，這話是什麼意思？」星滅蹙緊眉頭。

「我本來很害怕、很恐懼，在被你拆穿之後，我是真的不知該如何面對眾人的眼光。」羅娜接續說道。

「可是我後來想想，這未嘗不是壞事……」羅娜一邊說，嘴角也跟著微微上揚，「因為，我終於可以從『娜娜醬』的束縛中解脫了！這全要感謝你啊！」

羅娜咧嘴一笑，既然被拆穿了，既然被看透了，那她就順著局勢走吧！無需再戴著「娜娜醬」的假面，從今爾後，只需做回原本的自己！

「哦呀，娜娜醬的眼神又變了呢……變得堅毅起來了啊，真不愧是娜娜醬。」星滅伸出緋舌，朝自己的上唇舔了一下，「這樣才對，這樣才對，這樣才是我愛的娜娜醬！是真正的妳！是沒有虛偽的偽裝、真正的妳！」星滅雙手高舉，眼神異常熾烈。

「你到底想幹嘛？你的目的已經達到了，不是嗎？」

羅娜不想理會星滅對自己異常的執著，只想趕快完成這場考試。她實在不明白，挖苦、嘲諷、揭露她不堪的真面目，感覺星滅已經毀滅了她所有的形象與尊嚴，那他現在還想對她做什麼？

「目的？喔，我心愛的娜娜醬，這只是其中的一環罷了。」

「其中的……一環？」

不好。

這傢伙果然沒打算放過她！

「吶，妳知道主持人為何要三番兩次強調……這是一場『深夜節目』嗎？」

星滅邪邪一笑，「那是因為……」

與此同時，羅娜發現自己的右手無意識地動了起來。

「這樣才能讓觀眾看到妳最赤裸、最汙濁不堪的一面啊——」

隨著話音落下，羅娜舉起的右手，不由自主地解開了自己上衣的鈕釦！

第四章

Scepter of Rose King

攝影機專注地將鏡頭鎖定在羅娜的胸口上。

透過鏡頭，世界各地收看線上直播的觀眾，全都看見那個曾經清純可愛的偶像娜娜醬，竟不知廉恥地在大庭廣眾下做出這種行為！

她的手掌伸入衣服中，大膽地愛撫著自己胸前白嫩的肌膚。

在這之前，沒人想過羅娜竟會這麼做，就連當事人也沒想到，自己居然會在眾目睽睽之下，做出如此羞恥的舉動。

「這到底是怎麼回事？難不成又是……」

羅娜愣愣地看著自己放在胸前的手，發覺自己的手根本不聽使喚。

「果然很快就能察覺到呢，能被娜娜醬了解的我真是幸福。」星滅點了點頭，對著動彈不得的羅娜展露一抹發自內心、燦爛幸福的笑容。

可惜羅娜只覺得頭皮發麻，她到底招了什麼爛桃花，竟招來如此病態的粉絲……不，這傢伙根本不是粉絲，而是變態了啊！

「你又用了什麼來控制我！」反正娜娜醬的形象已經被星滅毀得連灰都不剩，羅娜也不想再強裝下去。

「嘻嘻，娜娜醬，妳現在就是我最可愛的玩偶喔，利用這個特製的收藏品就能讓妳乖乖聽話呢。」

星滅將剛剛一直刻意擺在背後的左手伸了出來，手中握著的「特製收藏品」，竟是一尊與羅娜別無二致的精緻人偶。

「我啊，從最開始喜歡上妳的時候就在想，要怎麼做才能讓可愛的妳成為我的娃娃，成為只聽從我的命令、任我擺布的收藏品。」星滅一邊說，一邊將人偶的手刻意下壓。羅娜立刻感覺到有股不知名的力量正壓迫著她，將她的手往更深處探進。

她想要抵抗、想要掙扎，但越是抗拒就越覺無力，反而加劇了原本的疼痛。

「還是別反抗的好喔，娜娜醬。」星滅維持一貫燦爛的笑臉，向羅娜警告。

「唔……！」

「沒有式神的幫助，妳還是跟以前那個在火場中的妳一樣無助呢……妳啊，完全沒有任何改變呢，羅娜。」星滅往前一步，來到羅娜身邊，在她耳畔低聲說道。

那一瞬間，羅娜的腦海不受控制地閃過雙親被火海包圍的殘忍畫面。

一想起那時候的慘劇，羅娜忍不住打了個寒顫。對她來說，那是永遠無法癒合的創傷，彷彿在心中鑿出一道血淋淋的傷痕，不管何時想起，都令人疼痛難耐。

縱使這幾年她努力地想讓自己變得更加堅強，也許在戰鬥與靈力上有所成長，在面對其他阻礙時也能稍微冷靜自持……可唯有這一點，唯有那被大火焚毀的童年，是她難以抹滅的痛。

「哦呀？不回嘴了？伶牙俐齒的娜娜醬去哪了呢？」星滅得意地露出小虎牙，毫不留情地挖苦羅娜。

看見羅娜遲遲沒有反應，星滅感覺有些自討沒趣，甚至有點惱羞成怒。只見他退後一步，將人偶放在羅娜能看得一清二楚的位置。

「我啊，最討厭娜娜醬不理我了。」星滅一邊說，一邊將人偶的雙手用力地舉起伸直，並將兩手綁在一塊。

「唔！」

隨著人偶的動作，羅娜的雙手也跟著被看不見的外力拉起，就好像被人吊起來一樣。

「所以，要讓妳好好彌補我啊——」星滅嘴角揚起，接著將身體壓向羅娜。「我要徹徹底底毀了妳唷……把娜娜醬毀得一無所有，這麼一來，才能讓大家知道，娜娜醬是被我弄壞的女人呢。」說完這段話，星滅的身體微微顫動，不是出於恐懼，而是無法抑止的亢奮。

「啊啊，光是想像就讓人興奮啊……」星滅將鼻尖湊到羅娜胸前，深深地吸了一口氣。

羅娜感到十分反胃，無奈她毫無反抗的能力。好不容易從過去崩潰的回憶中抽離，可縱使冷靜下來也無濟於事，她現在仍是星滅掌中可以隨便玩弄的人偶，根本無技可施。

她唯一能做的，就只有忍耐。

即便被無恥下流地玩弄，哪怕自己的一切都將曝露在鏡頭前，可她絕對不能讓星滅稱心如意！

羅娜緊閉雙眼，不讓自己去看星滅囂張的神情，她已經做好心理準備，不論星滅接下來會做出什麼舉動，她都不會讓他徹底得逞！

「表情很不錯嘛……不服輸才是我的娜娜醬啊——」星滅咧嘴一笑，接著便壓住羅娜高舉的雙手，朝她伸出緋紅的舌頭。

「妳希望……我從哪裡開始品嘗才好呢？」

與其說是詢問羅娜，倒不如說星滅是在自問自答，他沒等對方回應，就朝羅娜的耳尖舔舐而去。

淫靡的水聲被無限放大，羅娜忍不住一陣顫動，好似有電流竄過，令人又酥又麻。好在她早有了心理準備，否則被這麼一舔，差點就要忍不住發出呻吟。

「這只是開端而已喔，娜娜醬。妳應該猜到我接下來要做什麼了吧？清純可愛的少女偶像，在鏡頭前曝光未曾有人見過的、煽情下流的一面——」

星滅仰起頭來，發出一聲病態的呻吟。他的雙頰泛起興奮的嫣紅，眼眸中閃爍著水光，整個人不停喘息著，「太棒了！太期待了！把娜娜醬不為人知的一面呈現給觀眾的人是我啊！啊！光是想像我就快受不了了！」

「真是變態……」羅娜咬牙切齒。眼前的星滅，變態程度根本就無法估量，他還能做出什麼下流的舉動都令人難以想像。

「嗯，我不否認喔，誰叫娜娜醬實在太讓人欲罷不能了呢——」

星滅就像在敘述自己做了一件好事般，既磊落又大方。他瞥了一眼攝影機，接著朝著鏡頭一笑，用力地將羅娜的臉扳了過去，面向觀眾。

「讓大家好好欣賞妳的另一面吧，娜娜醬。」

「想得美……！」即便臉頰被星滅用力地擰著，她還是逞強地反駁。

「還有力氣頂嘴啊，不過……妳很快就會癱軟無力了喔，娜娜醬。」說著，星滅鬆開了手。

羅娜終於得以稍稍喘息，但她很清楚，這絕非是星滅手下留情。很快地，星滅再次壓了上來，雙手不安分地在她身上愛撫，將臉則埋進羅娜頸側。

「早就想像這樣，深深地吸取妳的芬芳了啊，娜娜醬……」

星滅用鼻尖磨蹭著羅娜的頸項，好似小狗一般，搭配著若隱若現的小虎牙，以及可愛中帶點俊俏的容顏，若是不了解情況的人，搞不好會以為這是個溫馨的撒嬌畫面。

羅娜的脖子本就敏感，被星滅不斷用臉磨蹭，著實令她十分難受。當然她一點被撒嬌的感覺都沒有，只覺得非常不舒服。

吸飽了羅娜身上的體香，星滅再次貪婪地伸出舌頭，用舌尖舔舐著羅娜的耳垂。

「唔！」濕潤的物體劃過耳垂，一時鬆懈的羅娜不小心發出了誘人的呻吟。

為什麼？明明只是被舔弄耳垂，為何會有這種反應？

猶如被電了一下，讓全身酥麻癱軟、微微顫抖的感覺究竟是怎麼回事？

「哦，瞧妳一臉不知所措的樣子，看來我們娜娜醬在這方面真是清純可愛呢——」星滅既意外又驚喜，眼睛發亮地看著羅娜。

「我、我怎麼可能會懂這些有的沒的啊……又不是跟你一樣變態！」羅娜不甘心地瞪著星滅。

她心想，星滅都做到這種地步了，聖王考委會真的不打算插手嗎？

「嗯嗯，真的嗎？娜娜醬難道不是那種螢幕前光鮮亮麗、清純可人，螢幕後放蕩下流的偶像嗎？」

「誰是那種人啊！」羅娜氣不過地反駁。

反觀星滅只是當做耳邊風一般別過目光，接著像是又發現了什麼似地說道：「哎呀？娜娜醬被我舔了一下耳垂，耳根子就紅了呢！」星滅的口氣充滿驚訝，眼底則是滿滿的欣喜。他正想要好好調教羅娜一番，讓她這張無瑕的白紙染上自己的色彩。

專屬於他的顏色。

「那、那又如何！那只是、只是正常的身體反應罷了！」

該死的傢伙，身體反應又不是她能控制的。明明不想讓這傢伙如此得意，可卻事與願違，他看起來是越來越囂張了。

「正常的身體反應啊……那麼，就讓我挖掘更多關於娜娜醬的『身體反應』吧！」

「什麼更多身體反應……我才不會稱你的意！」羅娜話還沒說完，整個人就在星滅的控制下轉過身，直接面向前方的觀眾席。

羅娜能感覺到，面具下一雙雙眼睛都盯緊著自己，攝影機鏡頭也對著她，她的一切都被迫曝露在大眾審視的目光之下。

星滅從背後貼住她，羅娜可以感受到星滅的體溫，即便不是真正的星滅，被一名來路不明的異性緊貼著，仍讓羅娜打從心底感到非常不舒服。

星滅像逗弄小動物般撫上羅娜的腹部，另一手則強勢地扳起她的下巴，露出她頸部纖細的曲線。

「現在好戲才剛要開始而已，娜娜醬——」

話音一落，星滅朝羅娜吹了一口曖昧的熱氣，伴隨著刻意壓低的呻吟，雙重刺激著羅娜的感官。

羅娜又不自禁地顫打了一個冷顫，明明內心一點也不想要這樣，但身體卻格外地誠實。彷彿腦袋跟身體脫節了一般，即便不想承認……但裡裡外外確實都被星滅所掌控。

如此，不能自已地沉淪。

「娜娜醬，身為偶像就要好好表現給別人看啊，別表現出這麼不甘願的樣子。」星滅按在羅娜腹部的手緩緩地往下滑動，另一手則壓在羅娜的唇瓣上，在她耳邊低聲訴說。

羅娜緊咬牙根、強行忍耐，不去在意星滅在自己身上的所作所為，但越是這麼想，就越是無法忽略。

她只能閉上雙眼，微微顫抖著身體，無法抗拒地感受著星滅吐出的灼熱氣息和壓低的性感嗓音，一步一步地誘惑著她墮入深淵。

星滅的手時而揉壓，時而用指尖輕觸繞圈，如果她一有掙扎，馬上又會被強制壓制住。

她能感覺自己的衣釦正被一顆顆解開，星滅的手從縫隙裡鑽了進去，掌心貼在她的肌膚上……

「不要求我住手嗎？」

「就算求了……你也不會停手吧……」

羅娜仍閉著雙眼，這種屈辱讓她眼眶忍不住濕潤起來，可她沒讓淚水流下，一次又一次努力不讓涕淚滑落。

「是這樣嗎？還是……其實妳很享受這個過程呢？」

星滅問完，羅娜本想急著反駁，卻冷不防被星滅吻住右耳。對方鹹濕地吸吮著，伸出舌頭舔弄她的耳廓，又發狠似地囓咬了一下。

濕潤的水聲黏稠地傳入羅娜的聽覺深處。

被這樣突如其來、情色地對待，羅娜終於忍不住地溢出嬌喘：「啊……啊啊……嗚……嗯……」

「真是動聽的聲音啊——原來娜娜醬也可以發出這麼性感的聲音呢，相信在線上收看直播的粉絲一定感到臉紅心跳了吧？」

「唔！」

實在太丟臉了！

被星滅堵到啞口無言的感覺真是討厭，但羅娜更討厭自己無法控制的身體反應。

最糟糕的，是這些不堪的畫面竟然還被攝影鏡頭清楚地拍攝下來……

這真的能實況轉播嗎？考委會真的會放任星滅做到這種程度嗎？

她一點都不想將自己赤裸裸地攤在大庭廣眾之下啊！

「考委會……」

「嗯？」看著羅娜邊顫抖邊低下頭，星滅挑眉一問。

「考委會真是太愚蠢了……這根本不是一場考試……這、這只是一場下流的節目罷了！」羅娜握緊還高舉著的雙手，指甲幾乎要陷進皮肉之中。

她不懂這樣的考試到底有何意義？

任憑星滅跟觀眾糟蹋自己？

不行……她受夠了……她快受不了了……

「如果想終止測驗的話，隨時都可以喔。」主持人的聲音久違地再次出現在會場上。

「只要妳願意放棄聖王學園的考生資格，妳現在所有的難堪跟屈辱都會馬上結束，羅娜同學。」班傑明的聲音既低沉又溫柔，和先前總是嘲諷高亢的語氣截然不同。

羅娜不是笨蛋，她很清楚班傑明是在使用心理戰術，想在她最焦慮不安的時候，用溫柔來逼迫她讓步。

雖然知道這是陷阱，可是她或多或少受到了動搖，她甚至懷疑起自己入聖王學園的目的，難道是要在大眾面前被如此羞辱嗎？

可是，如果就這麼放棄的話……

「想放棄了嗎？娜娜醬果然還是不行啊。」星滅就像敏銳的雷達，很快就察覺到羅娜動搖的心緒，他湊到她耳邊輕聲問道。

聽到星滅挑釁的提問，羅娜趕緊止住想放棄念頭——能否獲得入學資格只是其次，最重要的，是不能就這樣敗在星滅手下！

「託你的福，我一點也不想放棄。」

羅娜深吸一口氣，終於冷靜下來。

沒錯，就算真的被星滅羞辱，就算收看直播的每一人都見到她的醜態，但那又如何？

「來吧，我想清楚了。」

羅娜的神情再也沒有半點猶豫，先前掙扎了那麼久，沒想到她能在一夕之間轉換念頭。

她鎮定地回覆星滅，更像是在對所有注視著自己的人宣告：「無論你們怎麼看待我，哪怕是拿著刀對我威逼利誘，就算真的傷害了我——日後我也會抬頭挺胸地活著。」羅娜將目光看向前方，視線掃過觀眾席上的每一個人，「我知道，縱使被你們鄙視、被你們看不起，但這世界總有可以容得下我的地方，我用不著討好每一個人，或在意你們的感受和目光。」

她一邊說，一邊仰高脖子，本來緊繃的身體也放鬆許多，「來，動手吧！今天你加諸在我身上的屈辱，日後我必會加倍奉還！」

羅娜再度深深吸了一口氣，她挺起胸膛，對著鏡頭大聲宣示：「因為這就是我——真正的、毫無偽裝的羅娜！」

娜娜醬的形象被毀了也好，就算背上各種罵名也好，從今以後，她想要活得輕鬆自在，勇敢地不向現實低頭。她想活出榮耀，再也不用為了求得誰的喜愛而道歉或搖尾乞憐，她要跨越障礙，好好地做回自己！

在羅娜說出這一番宣言後，現場一片安靜，就連背後抱著自己的星滅也同樣沉默無語。

「哈……」過了好一會，羅娜才聽到背後傳來細微的笑聲。

羅娜還來不及猜想對方到底在笑什麼時，她本來高舉的手，瞬間像被剪掉綁線的木偶，終於鬆脫開來，垂落至身側。

她自由了？

羅娜眨了眨眼，有些反應不過來地看著星滅。他瀏海的陰影蓋過雙眼，讓人看不著真正的情緒。

「這樣……才是我真正看上的妳啊。」

「欸？」羅娜以為自己聽錯了。

「娜娜醬，妳啊，終於解脫了呢。」

星滅的話讓羅娜聽得一頭霧水，眼前的男子緩緩抬起頭來，露出可愛的小虎牙，緩緩朝她綻放出一抹燦爛溫暖的笑容：「能讓妳從偶像的包袱中解脫，真是太好了呢。」

羅娜還來不及問個清楚，眼前這名男子便忽然失去意識，應聲倒下。

「等、等等，這是怎麼回事？你快回來說清楚啊，星滅！」

星滅似乎離開了附身對象，此刻倒在羅娜面前的男人，臉孔已經不再是那有著小虎牙的星滅，而是另一名羅娜還算有點印象的人。

「我認得這傢伙……」

羅娜感應到星滅的氣息已不在現場，反倒將注意力轉移到眼前這名昏迷的男子身上，也終於明白為何他會出現在觀眾席中。

這名男子叫什麼名字她已經忘了，但他並不是考生，也不是她生活圈裡的人。在他露出真面目之前，羅娜一直以為現場觀眾席上的人，都是曾經與她一起競爭過的考生。直到她看清此人的容貌，才知道考委會真正的目的。

「果然，是物以類聚才會被附身吧？」

看著這名被星滅附身過的可憐蟲，照理來說，羅娜本該同情他，只是羅娜盯著這人的臉看了一會後，便別開目光，不想再多看一眼。

原因無他——

這個人也和星滅先前表現出來的一樣，都是讓羅娜發自內心感到不舒服的狂熱粉絲。

這個男人其實長得一點也不宅男，看起來還算乾乾淨淨、斯斯文文。

甚至乾淨到令她有些毛骨悚然。

只可惜在這人畜無害的外表下，卻隱藏著令羅娜噁心到無以復加的面孔。

他是娜娜醬的狂熱粉絲，狂熱程度跟星滅簡直不相上下。如果說星滅的狂熱是危險而致命的，那這個男人的狂熱就是骯髒且令人作嘔的。

她曾收到他寄來的包裹，直到今日，她仍十分後悔將它打開。

包裹裡面，只有兩樣東西。

其中一樣，是一封信件。當時羅娜心想，這不過是一封正常的粉絲來信，裡頭大概都是希望她加油或娜娜醬多可愛之類的話語。

直到她打開另一件物品，才發覺事情不對勁……

另一樣東西，是一個罐裝物。

外觀上，就只是一個普通的罐子，沒有任何說明包裝貼在外頭，於是羅娜出於好奇，把瓶蓋打開。

「啵」的一聲，沒有什麼特別的味道，只是有些黏稠的液體順著瓶身流溢到羅娜手上。

她瞬間就後悔了。那些肉眼看來含有混濁雜質的液體，油油黏黏地沾染在她手上，羅娜立刻噁心地趕緊用衛生紙擦掉。

正當她準備起身要去洗手時，那封信正巧掉了下來。

羅娜心想，既然都拆了包裹，那就把信也看一看好了。

她把信拆來一看，裡面除了各種狂熱到有些變態的示愛之語外，信中最後一段文字更是讓她徹底傻了眼。

「娜娜醬，還喜歡我送妳的禮物嗎？」

現在回想起來，當時就不應該繼續看下去，在這裡停住，毀了那封信該有多好。

可是，那時候的她怎會想這麼多呢？

她的視線往下一掃，便看到了那令人頭皮發麻、噁心反胃的真相……

「娜娜醬，那一罐『聖油』是我親手製成的喔——用我身上每天刮下來的油脂和〇〇跟●●提煉出來的呢！」

羅娜簡直要瘋了！

這是什麼噁心的傢伙啊！

一種憤怒和反胃的情緒湧上心頭，羅娜恨不得用最強效的消毒水把自己的手洗個一百次，然後將那罐瓶裝物往垃圾桶一丟、狠狠砸碎，並馬上把垃圾袋打包送進焚化爐中焚毀！

天殺的！

那感覺說多噁心就有多噁心！

現在光是回想起來，羅娜都忍不住打了個冷顫。那是她收過最可怕的粉絲禮物，沒有之一！

也因此，羅娜有好些時間差點無法用娜娜醬的身分面對觀眾。最後是在巴哈姆特的鼓勵與安慰下，才得以重新振作。

看著昏倒的男子，羅娜無法給予任何同情。不過她能理解為何這傢伙會被考委會選中，或許是要用來測試她的容忍度吧？

只是陰錯陽差被星滅給附了身……

有那麼一瞬間，羅娜認真覺得好在是被星滅附身，不然這個人真的會讓她精神崩潰吧……

「現在到底該怎麼辦呢……『娜娜醬』這個形象毀了，我也沒打算繼續假扮下去，畢竟大家都看到我的真面目了……」

看樣子，她是徹底告別聖王學園了。

在人氣評比上，她的名聲恐怕早已一落千丈了吧？

甜美偶像竟然是虛假形象，甚至出口嫌惡自己的粉絲，又在直播鏡頭前被迫露出下流的姿態……

「哈……應該都結束了吧……」

就在羅娜垂頭喪氣、帶著苦笑準備離開舞臺時，觀眾席上的人們忽然一個接一個站起身，並發出響亮清脆的掌聲。

掌聲此起彼落、逐漸加強，匯聚成一波又一波的聲浪，捲向站在舞臺上、一臉呆愣的羅娜。

這到底是怎麼回事？

這些人不應該都是厭惡著她，或對她抱持著不軌企圖的人嗎？

「你們……這該不會又是一場測驗？陷阱？」羅娜保持著強烈的警戒心，她覺得眼前這一幕實在毫無理由。

「編號一百六三號的考生羅娜，恭喜妳通過聖王學園入學考試！」這時，班傑明洪亮的聲音透過麥克風，向眾人正式宣告。

接收訊息的當下，羅娜顯然十分措手不及。她先是一愣，接著突然倉皇地做出防衛姿勢大喊道：「你、你們又想幹嘛？別以為主持人這麼說我就會相信！我、我是不會屈服……」

她話才說到一半，忽然有道重量往她背後一壓。

「真有兩下子，平胸女妳終於做到啦！」一雙強而有力的手，自羅娜背後環抱住她。

「巴哈……姆特？」愣愣地吐出這個名字，羅娜雙眼微微收縮，語氣裡盡是難以置信。

「哎呀，怎麼可以忘了我呢，我的百合花。」

另一道聲音從一旁傳來，羅娜呆呆地轉頭一看。

「法哈……德？」

羅娜的雙眼睜得更大了，她完全不曉得這究竟是怎麼一回事？是考委會的安排？還是說，這是她產生的幻覺？

巴哈姆特跟法哈德為何會若無其事地出現在她面前？

她好混亂啊！

「瞧妳一臉驚訝的表情，真是可愛啊，我的百合花。這個時候，不應該高興狂歡嗎？」法哈德走到羅娜面前，伸出手輕輕地拍了拍羅娜的頭，溫柔得就像在安撫寵物一般。

「喂喂，法哈德，我還在這裡啊，別給我太囂張！把你的手給本龍王拿開！」巴哈姆特一手仍緊緊地抱著羅娜，另一手則不客氣地直指法哈德。

「呵，還是如此蠻橫跋扈的老龍呢，果然就跟年邁的老人一樣，脾氣都不好。」

「哈啊？你這頭腹黑豹子又在胡說什麼？想體驗被龍牙撕裂的感覺嗎？」

聽到這兩人你一言我一語地互相鬥嘴，羅娜終於從錯愕的情緒中回過神來，嘴角漸漸地綻出一抹安心的微笑。

「啊……真的是你們……」眼眶裡泛著水光，聲音略微沙啞，羅娜說到最後忍不住哽住了話語。

「不是我們的話，還會有誰呢？我們可是妳的式神啊，羅娜。」巴哈姆特繞到羅娜面前，聳了聳肩，笑著對自家御主說道。

「這下妳終於相信了嗎？我的百合花。」一旁的法哈德也對著羅娜微微一笑。

「我……」

雖然有很多很多問題想要問出口。

雖然有很多很多想說的話想要傾訴。

雖然還有很多很多雖然，但羅娜決定順從自己的心意。

她踮起腳尖，張開雙手，一鼓作氣地同時攬住巴哈姆特和法哈德的肩膀。

「太好了——我終於通過聖王學園的入學考啦！」

第 五 章

Scepter of Rose King

都市街道上車水馬龍，兩旁高樓林立，一到夜晚就變換成霓虹燈光閃爍的浮華之夜。

今日，懸掛在大樓牆上的大型ＬＥＤ看板，都不約而同地宣傳著一件事——最新一屆聖王學園入學考試最終錄取名單出爐！

看板上閃過一張又一張錄取考生的臉孔，以及他們在考試中的種種表現和總結評分。

僅僅是一所學校的考試放榜，卻能在全國性的廣告上輪番播放，就連新聞也不斷播報，網路上更是討論得沸沸揚揚。

全國人民都知曉，聖王學園不單純只是一所培養菁英的學校。從中畢業的每一名學生，在進入職場社會後，都是牽動著整個國家命脈與發展的重要人物。

除了與國家政經息息相關，更因為聖王學園能夠遴選出下一任「薔薇王者權杖」的持有者——

「刷！」窗簾瞬間拉起的聲音響起。

羅娜站在落地窗前，隔著窗戶，與外面大型看板上、剛剛出現的自己的臉孔遙遙相望。她與其他數名考生一起被媒體冠名為「幸運又強大的小薔薇們」。

「小薔薇」是聖王學園學生的另一種稱號，其中的「小」字，特指剛考進學校的一年級新生們。

不管如何媒體吹捧報導，羅娜這幾天嘴角都噙著笑容，就連在夢中也止不住地竊笑。

無論如何，她確確實實通過一連串艱辛的考驗，正式獲取聖王學園的入學資格。

縱使有一些反對與冷嘲熱諷的聲浪，特別是那些看到娜娜醬形象崩壞的粉絲，基於「當初有多愛，現在就有多恨」的心態，從最終測試結束後，就不斷在網路和電視節目上抨擊她。

那些充滿傷害的言論和聲音，羅娜雖然無法完全無視，但也沒有讓那些如利刃般尖銳的字句影響到她。

通過測驗後，欣喜之餘，也不忘把兩名式神抓來一問究竟。

「最後一場測試你們究竟消失到哪去了？」羅娜坐回自己的床鋪前，她雙手抱胸、膝蓋交疊，疑惑地問著自家兩名式神。

「這個啊，如果平胸女妳願意讓我摸個腿我就跟妳說。」巴哈姆特一邊盯著羅娜交疊的修長美腿，一邊面不改色地提出下流的要求。

「你還是吃自己吧，老色龍。」羅娜毫不留情地用腳狠狠地踩了一下巴哈姆特的腳背，口氣十分冷漠。

「痛痛痛……還是這麼暴力，妳是不是想踩斷本龍王的腳啊？都已經成為聖王學園的學生了，還以為妳會有點長進呢。妳要知道，妳全身上下就那雙腿能讓本龍王看上眼，被本龍王這麼要求是榮幸，懂？」巴哈姆特撫著自己被羅娜踩痛的腳背，沒好氣地對著自己的御主說道。

「為何你說話的方式不止變態，還很幼稚呢？離開我的這段期間，你到底都嗑了什麼啊？」雖然嘴上吐槽巴哈姆特，臉上更是一副白眼要翻到後腦勺的神情，但羅娜心中卻十分開心。

這樣，才是她平常的生活。

這樣，才是她真正的樣貌。

入學考試的最後一場測驗，沒有巴哈姆特在身邊的感覺，她不得不承認，除了不安，更多是空虛和寂寞。

那次短暫的分離，讓羅娜更能體會到：能和身邊重視的人在一起打打鬧鬧、過著再平凡不過的生活，是多麼奢侈幸福的一件事。

「我的百合花，妳就別聽那頭老龍胡言亂語，想知道實情問我不就好了？」法哈德一如既往、優雅地坐在柔軟舒適的單人沙發上，他雙手交握，微笑地對著羅娜說道。

「那你說，到底是怎麼回事？」

羅娜將視線轉向法哈德，口氣與之前相比冷淡許多。面對法哈德，她總是多了那麼一點的防備。

雖然已經和法哈德訂定契約，但至今她仍摸不透這傢伙的底細……

法哈德曾表明是為了洗刷冤名，才如此執意要成為她的式神，但不知是否是自己多心，總覺得事情沒有那麼單純。

「呵，還真是差別待遇啊，對我果然還是比對那頭老龍更為冷漠。不過沒關係，時間會洗刷掉我在妳心中的汙名，而我也會讓妳更加依賴我。」

「什麼依賴不依賴，我家羅娜才不需要依賴你好嗎？她可是很獨立自主的。」

「哦？是嗎？那只是因為你沒有激起她想依賴的欲望吧？」

「你這腹黑豹子……」

「夠了，夠了！我現在只想聽答案而已啊！」眼看兩人又要吵起來，羅娜趕緊打斷他們的對話。

「是考委會的意思——」巴哈姆特和法哈德異口同聲，難得有默契地說出一樣的話。

「果然又是聖王學園考委會啊……所以，是考委會通知你們，為了進行最終測驗，請你們配合暫時離開我身邊？」

「既然知道幹嘛還要我們說明啊？妳這不是很了解內幕嗎？」巴哈姆特蹺

著腳，有些不以為然地反問羅娜。

「老龍啊，這你就不懂了，猜測也是需要證實的。」法哈德一邊喝著茶，一邊優雅地反駁巴哈姆特。

「喂，誰允許你叫我老龍的？你才老，你全家都老！」被法哈德這麼一叫，巴哈姆特火氣都湧了上來！

「雖然我不是很想同意法哈德的話，但他倒是沒說錯。而且，我反倒要好好質問你們——考委會要你們配合，你們就真的乖乖配合啊？我可是與你們訂下契約的御主耶！『不離開御主身邊』是式神之間不成文規定吧！」

看著兩個式神，羅娜胸中的惱氣急速飆升，他們怎麼可以說離開就離開她的身邊？害她在考試中苦不堪言！

「這麼說就有點不公平了，平時妳可是讓那頭老龍不經允許就自個兒去外頭放風啊。」

「就是說啊，平常我自己跑出去兜風看巨乳美女也……不對！你這腹黑豹子又叫我老龍了是嗎！」巴哈姆特先是點了點頭認同法哈德的話，下一秒驚覺不對勁，馬上又回過頭來對著法哈德大喊。

「那、那是兩碼子事！」羅娜先是反駁了法哈德的話，「平常歸平常，我說的可是重要考試啊！你們明明知道，考試中我可能會遇到各種危險跟困境啊！」

「那是當然，倘若沒有難度就不是考試了。」法哈德從容地回應羅娜，「正是為了要增加最終測驗的難度，我們才會配合暫時離開妳身邊。」

「而且我們知道，這是為了讓妳有所成長，要讓妳擺脫自己背負許久的包袱。」在法哈德之後，巴哈姆特重新用正經神色對著羅娜說。

「背負的包袱？等一下……你們該不會……一開始就知道娜娜醬的真面目會被拆穿？甚至……知道星滅會上場？」羅娜的瞳孔微微收縮，有些驚訝地吐出她的猜測。

巴哈姆特和法哈德彼此默契地互看一眼，同時轉過頭來，面對羅娜。儘管他們還沒做出回應，羅娜卻隱約確信了自己的猜測。

巴哈姆特一臉難以啟齒的模樣，摸著自己的後腦勺，「這個嘛……果然還是被妳看穿了啊……」有些尷尬地別過目光，巴哈姆特用手肘撞了一下旁邊的法哈德，「就說她不是傻子，一定會發現的嘛。」

「她如果不發現，就不是我欣賞的百合花了。」

「我說，你這個一天到晚都在撩妹的人造人，當初到底是誰把你設定成這樣的啊？夠了喔！」巴哈姆特沒好氣地瞪了法哈德一眼，他實在無法理解當初創造法哈德的人是怎麼想……

咦？那個人……好像是羅娜的老爸……

思及此，巴哈姆特瞬間沉默下來。

「所以……你們不只從考委會那邊得知考試內容，也跟星滅那小子串通好了？」法哈德強大的撩妹能力，羅娜早就見怪不怪，眼下她只在意一件事。

面對羅娜的質問，巴哈姆特有些不自在地回答：「唔，都到這地步了……對啦，就是這麼一回事。」

「我說你們……」儘管有了心理準備，但親耳聽到巴哈姆特承認又是另一回事，被欺騙和蒙在鼓裡的感覺讓羅娜快要爆發了。

如果可以，她真想馬上用式咒強制讓這兩人去撞牆！

「既然妳都知道了，那麼接下來……」

「哈啊？接下來？你們還想做什麼啊？」羅娜心中浮現一抹不祥預感。

「那就是……」

法哈德稍稍轉頭，莫名其妙地拍了拍自己的手掌。

羅娜還沒反應過來，就聽到法哈德又說出下句話——

「進來吧——星滅。」

「欸欸欸！」宛若五雷轟頂般，羅娜以為自己聽錯了！

是啊，她肯定是聽錯了對吧！

誰來告訴她是她聽錯了啊啊啊！

羅娜抱著頭，完全不想接受眼前的現實。門把轉開的聲響赫然傳來，在她措手不及之際，一道身影突如其來闖入羅娜的視線之中！

「將將將！星滅再次登場！」如閃電般急速出現在羅娜面前，星滅帶著燦爛的笑容，用高昂的語調自我介紹。

羅娜再也忍不住了，她像炸毛的貓一樣拱起肩膀，指著星滅大喊：「為什麼這傢伙會出現在這裡！你們到底有什麼意圖！居然讓他來我家！」

「哎呀，娜娜醬真是的，怎麼可以這麼熱情地歡迎我呢？我會太興奮……啊……好痛！」星滅話還沒說完，馬上被一旁的巴哈姆特從頭頂狠狠地一拳敲了下去。

「讓你登場不是讓你耍白痴，愚蠢的小狗。」巴哈姆特冷冷地睨著一臉哀怨的星滅。

「好痛啊……好啦好啦，我會盡量記住的……龍王大哥就別生我的氣啦。」

嗯？

龍王……大哥？

「確實，別在我們面前太得寸進尺啊，星滅。」繼巴哈姆特之後，法哈德也如此說道。

星滅轉過頭面向法哈德，摸了摸自己的後腦勺，「是的，豹子二哥。」

咦？

豹子……二哥？

「你們這是……在演哪一齣啊？」羅娜的眼神中充滿了困惑。

「欸？大哥二哥都沒跟妳說嗎？」星滅轉過頭來，對著彷彿局外人的羅娜眨了眨眼。

「這麼噁心的事情我寧可他們永遠都別對我說……」羅娜沒好氣地白了星滅一眼，有氣無力地回應。

「聽著，我可沒接受你這小子喊我大哥。」巴哈姆特冷冷地瞪著星滅，「你在考場上對我家羅娜做的事情，我都還記著呢。」

「大哥就別記恨啦，考試內容你不是早就知道了嗎？」

「你還敢說？明明就跟事前說好的出入很大！你太得寸進尺了！」巴哈姆特雙眼明亮如火炬，夾帶著怒氣，凶狠地瞪著星滅。

「老龍，若不演得超過一點，是沒辦法將我們的御主逼入絕境的。」出乎意料，法哈德居然跳出來替星滅說話。

「還是豹子二哥好！二哥果然最聰明、最懂我了！」一聽到法哈德替自己說情，星滅就像小狼般朝法哈德撲抱過去，還能隱約見到他歡快搖擺的尾巴。

「別過來，我也沒說要接受你了。」法哈德冷冷地阻擋對方撲抱上來，眼神漠然冷澈。

「嗚，真難過……不過沒關係，從今以後我們就是一家人了啊！我一定會讓大哥二哥認同我的！」被擋下之後，星滅露出一副受傷難過的表情，接著又馬上緊握雙拳，替自己加油打氣。

「給我等一下！」一旁的羅娜終於忍不住了，她朝眾人伸出手，加大音量打斷三人的對話，「你們不要一直無視我好嗎！到底有沒有把我這個御主放在眼裡啊！誰來跟我說說你們到底在幹嘛！」

這三人你一言我一語，還說什麼……一家人？

鬼才要跟他成為一家人！

經過羅娜這麼一吼，星滅又將注意力放回她身上，對著仍在狀況外的她說道：「娜娜醬，喔不，該改變對妳的稱呼了。」

「對我的稱呼？我怎麼有種不祥的預感……」羅娜不安地退了一步，忽然很不想面對接下來的答案。

「咳咳，那就是……」星滅朝羅娜走近一步，將他那張俊俏中帶點可愛的臉孔湊近羅娜，「從今天起——妳就是我的御主囉！請多指教呢，娜、娜、醬——」

面對星滅露出虎牙的燦爛笑容，羅娜卻宛如晴天霹靂般呆愣在一旁。

「你……你說什麼？」羅娜難以置信地睜大雙眼。

「嗯？還要我再重複一次嗎？」星滅眨了眨眼睛，長長的睫毛搧啊搧地，搧得羅娜心緒都亂了套。

「不……不用了……我只是不想接受現實……話說我應該有拒絕的權利吧！」

怎麼最近一直發生這種事啊！

繼法哈德之後，她又要多接收一個討人厭的星滅嗎？

拜託饒了她吧！

「我說，這該不會是你們私下達成的交易吧！」一想到星滅剛剛不斷喊「大哥」「二哥」的，羅娜就覺得有詐！

巴哈姆特再次撓了撓後腦勺，有些尷尬地說：「這個嘛……果然又被妳看出來啦？」

「我就知道！」羅娜快要氣爆了！

她這個御主的身分到底有什麼用啊！

「因為大哥二哥希望我幫忙進行測驗嘛！另一方面，自從我被娜娜醬打敗，不小心歸了西，照理來說，應該要離開人世的……但我實在太喜歡娜娜醬了，喜歡到變成一種執念，反而無法離開啦！」

「哈啊？」羅娜一臉呆滯。

那個……

她剛剛啥都沒聽懂。

「既無法升天，也下不了地獄，加上實在太喜歡、太喜歡娜娜醬了，所以就立志要成為娜娜醬的式神——就是這麼一回事！」星滅一鼓作氣把話說完，還很勵志（？）地向羅娜豎起大拇指。

「我補充一下，當初考委會本就想拆穿娜娜醬這個偶像包袱，只是當時找不到合適的人選罷了。」在羅娜腦袋當機的時候，巴哈姆特打岔道，「考委會私下聯絡我們，詢問有無適合的人選。他們也是有預備人選，只是大概會像第一個上臺的女人一樣，是真心想要致妳於死地的人。」巴哈姆特一邊說，一邊將目光轉向星滅，接著又回到羅娜身上，「基於想保護妳的心態，我們當然不能讓妳承受過多的風險，另一方面，我們提出的人選又得符合考委會要求……」

「也就是說，需要一個可以保障我不會死，但又能刁難我的人，對嗎？」羅娜總結了一下巴哈姆特的解釋。

「沒錯，就是這樣！」巴哈姆特彈指一聲，乾脆地回答，「所以本龍王就想到了這小子。」巴哈姆特一手將星滅的頭壓了下去，對這影狼族的小子沒在客氣。

「好痛痛痛……大哥這是在熱情地摸我的頭嗎？哈哈哈……」

「什麼熱情？你是覺得我不夠用力嗎？本龍王可以再用力一點，乾脆把你的頭直接打爆如何？」巴哈姆特板著臉、摩拳擦掌，對星滅用毫無起伏的語調說道。

「不不不，大哥的好意我心領了！」星滅僵著笑臉，肩膀微微發抖，他隨即轉頭對羅娜說道：「總而言之，基於這樣的理由，我和大哥、二哥做了個交易，交換條件就是要讓我成為娜娜醬的式神！」

「我說……你們怎可以背著我私下做出這種交易啊……」聽完這三名「兄弟」的解釋，羅娜無奈地撐著額頭，深深地嘆了一口氣。

無論是巴哈姆特或法哈德，他們的出發點的確是為了她好，多收一名式神，某種層面來說也絕非壞事……但他可是之前陰錯陽差被法哈德害死在擂臺上的星滅啊！

何況星滅這頭狼可是個徹頭徹尾的變態，是一個迷戀她迷戀到連地獄都不願收的變態！

把這麼危險的傢伙收編成自己的式神……這樣真的好嗎？

「總之，我們當初答應他了，接下來就看你們如何商量了。」巴哈姆特說完後打了個哈欠，看起來有些疲憊，「該講的都講完啦，剩下的妳就去問那頭狼或豹子吧，本龍王要先去睡了，熬夜看妳考試實在太傷神……」

「還真是老龍呢，稍稍熬個夜就傷神了啊，呵。」法哈德嘲諷地笑了一聲。

「你這個沒有生理問題的人造人根本沒資格這麼說！」巴哈姆特沒好氣地回吼了一聲，隨後氣呼呼地起身離開。

法哈德只是優雅地拿起桌上的陶瓷茶杯，輕輕地啜了一口，喃喃道：「真是傷人，人造人也是有生理需求的啊，好比對我的百合花……」

嘴唇覆在茶杯邊緣，法哈德偷偷地望向羅娜，眼神勾人，語氣中充滿暗示。

「二哥，身為娜娜醬的頭號親衛隊隊長，我可不允許你這麼赤裸裸地勾引我們家娜娜醬喔！」星滅站到羅娜身前，伸手護著羅娜，「雖然我稱呼你為二哥，但娜娜醬是不可能讓給你的！」

「呵，該不會還在記恨當初我殺了你這件事？」法哈德放下茶杯，撐著自己的太陽穴，嘴角挑著一抹令人無法捉摸的微笑。正如他的名字，無時無刻不展露出黑豹的神祕莫測。

「那倒不會喔，那是我自己實力不如你，我輸得心服口服。當時我心想：啊——真不愧是漆黑的深淵魔王！死在你這種傳說級別的人物手裡，我也沒什麼話好說。」星滅聳了聳肩，語氣輕鬆自若。

「換句話說，即便是死亡也不會帶給你任何恐懼，唯有跟羅娜有關的事才能激起你的情緒……」法哈德用別有深意的目光注視著星滅。

「哈，二哥真是看得很透徹呢！對喔，娜娜醬就是我唯一的信仰，僅此而已。」

「某方面來說，你這傢伙還真簡單好懂呢……」羅娜再次嘆口氣。

星滅就是這樣的人，整個人乃至靈魂都只為了她而存在。

只是這麼一想後，她從星滅身上感受到的壓力反而更大了。

「雖然我沒有感到特別疲累，但如果妳想和星滅討論訂定契約的事，我還是別在場的好。」

「欸？你也要離開了？」看到法哈德輕輕放下喝完的茶杯，起身準備離開，羅娜有些意外地揚高尾音問道。

「我的百合花，妳應該很清楚，式神之間不該干涉彼此的契約，最好連討論都別參與。」

「等等，可是我沒說要和這傢伙訂定契……」

「嗯！二哥慢走不送！」沒讓羅娜把話說完，星滅舉起手，對著法哈德用力揮手道別。

「你聽我說完啊法哈——」

門扉闔上的聲音，打斷了羅娜未完的話。

寢室內，頓時只剩一臉錯愕茫然的閨房主人，以及一臉笑嘻嘻、不時露出可愛小虎牙的星滅。

「哎呀，該怎麼辦呢？只剩下娜娜醬跟我了。」

星滅的雙眼笑得瞇了起來，讓羅娜心裡忍不住發寒。他站起身，突然將上半身壓向坐在椅子上的羅娜，急速拉近兩人之間的距離，更給了羅娜一股無法逃離的壓迫感。

「我們是不是該好好地促膝長談呀?娜、娜、醬?」

第六章

Scepter of Rose King

「這樣真的好嗎？」一道聲音從旁邊傳了過來，問向背靠在落地窗戶上的巴哈姆特。

巴哈姆特的掌心燃著火光，他時常這樣把玩著龍炎，尤其是在他有心事的時候。他沒有馬上做出回應，而是若有所思地遙望遠方星空底下，那片深夜時分的都會夜景。

「有時候我真的不懂人類。」巴哈姆特將掌中的龍炎集中到食指上，將火光對準夜空。

「這個問題，身為活了這麼多年的老龍，還沒看出答案嗎？」法哈德雙手抱胸，從落地窗窗簾後方走了出來。

「有時候啊，活得越久，越容易看不清楚。因為這世界太過混濁，曾經雪亮的雙眼也會隨著歲月而蒙上風霜。」巴哈姆特的眼神飄向遠方。

「沒想到你會說出這種話，不過……這是間接承認你老的事實嗎？」法哈德嘴角微微上揚，語帶玩笑。

「我從沒說過我很年輕，但你的措詞還是給我小心點，人造人。」巴哈姆特沒有將目光投向法哈德，依然聚焦在自己手指的龍炎上。

「人造人嗎？雖然是人造人，有時卻比真正的人類更在意七情六欲呢。」

「你就這麼在意？」巴哈姆特眉頭一挑，終於斜眼看向法哈德。

「當然，誰知道在那個房間裡，那頭狼此刻正在對我們的御主做什麼。我們可是真真正正地『引狼入室』呢。」

「事到如今才在意又能如何？我們當初可是答應那頭狼了。」

「呵，你是真豁達還是假裝豁達呢？」

「隨你怎麼想，比起那毛都沒長齊就被幹掉的小狼，本龍王還比較在意你。」巴哈姆特的口氣一瞬間變得嚴肅起來。

「哦？這話怎麼說？能讓龍王如此上心，也算是我的榮幸吧。」

「少跟我扯東扯西，深淵魔王。」巴哈姆特轉過身，指尖的龍炎瞬間劇烈燃燒。

「那麼，你是在擔心什麼？我說不定可以回答你的問題。」面對巴哈姆特，法哈德仍是維持他一貫讓人捉摸不透的性格。

「你這傢伙，說是要洗刷自己身上的冤名，但在真相水落石出之前，本龍王是不可能相信你的。」

打從這頭腹黑豹子開始接近羅娜的時候，巴哈姆特就一直心存質疑，一個消失多年的關鍵人物，突然莫名現身就算了，還反過來聲稱自己才是當年的受害者？

就算當年的慘案真不是這傢伙幹的好事，但直覺告訴他，這裡面的內情絕不可能如此單純。與其在意那個變態的星滅，巴哈姆特更擔心這頭深不可測的豹子會傷害到羅娜。

做為羅娜最重要且發誓要守護她的式神，他絕對不會讓法哈德輕易地矇騙欺瞞。

「這件事，不論我怎麼說你都不會信的吧？那麼，只能讓時間來證明一切了。」法哈德聳了聳肩，輕描淡寫地帶過。

「那你最好給本龍王繃緊神經，哪怕是一點點，只要讓本龍王嗅到不對勁，絕對會讓你死得很難看。」

「我會謹記在心。但是，我也要補上一句。」

「你想說什麼？」

「你自己說過你並不年輕──」法哈德一手托著下巴，用一種居高臨下的姿態睨著巴哈姆特，「如果你在往後的戰鬥中，無法起到任何作用的話，那就請你早些退休離開吧。」毫不留情的嘲諷刺向巴哈姆特，法哈德犀利的眼神瞬間變得如冰錐般寒澈。

身為傲然俯瞰世間的龍王，巴哈姆特也非省油的燈，他臉上沒有一絲被嚇著或震懾住的神色，只是越發冷峻且帶著殺意。兩者之間火藥味漸濃，魔王與龍王的戰火似乎一觸即發。

「這句話，本龍王原封不動地還給你。」巴哈姆特將手上的龍炎射向法哈德，灼熱的火焰擦過對方耳鬢，雖然沒有直接造成傷害，但法哈德眼中，這是非常明顯的挑釁。「你才別給我扯後腿，你要知道，龍王的獠牙隨時都等著收割你的血肉。」

雙方針鋒相對，在羅娜不知情的情況下，她的兩名式神籠罩在濃濃火藥味之中。

同一時間，僅僅隔著一扇落地窗，在臥房裡的羅娜卻身處在另一種截然不同的氛圍中。

「你……你這是……在做什麼？」羅娜愣愣地看著星滅，嘴角微微抽搐。

「嗯？這不是明擺著嗎？當然是在替娜娜醬『暖床』啊！」

沒有經過屋主同意，星滅大搖大擺地坐在羅娜的床上，用手東拍拍、西拍拍。

「你少來！你明明就只是靈體，最好能暖床啦！我的床沒被你的陰氣弄得更冷冰就不錯了！」羅娜沒好氣地翻了一個白眼。

自從星滅離開被附身的觀眾後，就一直維持靈體形態，普通非靈人是看不到他的。在這種情況下，羅娜還真希望自己是非靈人，如此一來，就用不著見到這個討厭鬼了。

真搞不懂這傢伙到底想幹嘛？

不是想要和她討論訂定契約的事嗎？

那暖床又是怎麼回事？

「娜娜醬真是單純啊，只要和我這樣那樣過後，就算是冷冰的靈體，也會被妳磨擦出來的溫熱體溫給溫暖起來呀——」

「你在胡說八道什麼我全部沒有聽懂也不想聽懂！」

夠了喔。

她可以把這個變態痴漢從自己房間趕出去嗎？

「話說回來，我還沒跟你好好算帳啊——你居然在考試會場上對我做出那種事，還全部被實況轉播出去，這筆帳我一定要跟你討回來！」

說著說著，羅娜的怒火忍不住又燒了起來。測驗結束後，她的阿姨、朋友全都打電話來，害她得紅著臉、尷尬又不知所措地應對！

況且那麼羞恥的畫面被曝光，以後她要怎麼嫁人啊！

「想跟我討這筆帳？那就讓我用肉體來償還……」

「肉體償還個頭啦！」聽到星滅這麼說，羅娜額頭上的青筋瞬間爆了出來。

「那……娜娜醬打算怎麼辦呢？不如直接跟我訂定契約，只要訂下契約，我就是妳的人囉？妳想用式咒叫我消失也可以喔？只要是娜娜醬希望的話……」

「我才沒那麼無聊！費盡心力跟你訂下契約還馬上讓你消失？我又不是腦袋壞掉，你以為訂定契約的過程不會有風險嗎？」羅娜又翻了一次白眼，心想這頭笨狼以前也當過別人的御主，怎會說出這麼不經大腦的話呢？

「對了，話說回來，你之前的式神呢？」

「啊，妳說那孩子啊？那孩子在我死後就自動解除契約了。妳也知道，一旦御主死亡、無法供給靈力後，契約就會自動解除。據我所知，那孩子現在應該跟了新主人吧……新主人對牠很不錯，至少比我好就夠了……」星滅眼簾低垂，嘴角浮現一絲淺淺的苦笑。

「想不到，原來你是一個會替式神著想的人，真是出乎我意料之外。」羅娜不禁莞爾一笑。

「哈，娜娜醬好過分，原來是這樣看待我的嗎？」

「誰教你總是對我做很過分的事，會被誤會也是應該的。」羅娜一點也不心虛，「我說，你是真想成為我的式神？如果只是為了當一個可以隨時隨地在一旁盯著我的痴漢，恕我堅定拒絕。」

縱使星滅已經說過想成為她的式神的理由，羅娜還是很難相信，僅僅是為了留在她身邊，就願意做一個天堂不收、地獄不容，只能遺留人間的孤魂？

就為僅僅是為了……她？

「我知道娜娜醬不會這麼快接受我，更別提訂定契約了。」

「那你現在是想做什麼？」

「做什麼？當然是讓妳有什麼問題都可以問我啊，讓我們能夠有更多獨處時間好好了解彼此啊，這麼一來，才有機會讓妳答應嘛！」

說著，本來還在床鋪上滾來滾去的星滅，整個人坐起身來，打直腰桿，端正坐姿面向羅娜：「對妳的執著，自然不是假裝。我確實喜歡妳喜歡得不得了，喜歡到遠超乎妳的想像，甚至比妳自己還要更喜歡妳。」

看著鮮少認真起來的星滅，在這種情況下毫不保留地真情告白，就算是平常總想翻他白眼的羅娜，胸口也不由得一緊，好像有什麼東西擊中了心坎似的。

「被我感動到說不出話了嗎？不過，我想妳也不是那種兩、三句甜言蜜語就能打動的女人。」星滅搖了搖頭說道。

「本來喜歡與否就是自己的選擇，我也很清楚，娜娜醬妳一點也不喜歡我。」星滅撓了撓自己的後腦勺，嘴角露出苦澀的微笑。

不過，羅娜一點愧疚感都沒有。

正如星滅所說，她一點也不喜歡他。星滅是如何對待自己的，羅娜記得非常清楚，根據他過去惡劣的表現來看，會喜歡上他才真是奇怪。

她不是偶像劇或少女漫畫中的女主角，不會有「人帥真好，人醜性騷擾」這種想法。就算星滅有足以擔當偶像的顏值，但她完全不會對此人產生任何傾慕之情。

何況，比起談戀愛，她更想專注在找尋當年殺害父母的凶手上。再說，反觀自己最近的桃花債，完全沒一個是正常人，不是式神就是鬼魂……也難怪她怎樣都無法心動啊！

「我向來有話直說——你的這份感情我無法收下。」羅娜認為還是直接一點地說出來會比較好，模糊曖昧的言詞很容易引發各種揣測，甚至會讓對方以為自己仍有機會。

面對羅娜的回應，即便做足了心理準備，星滅臉上仍難掩失落難受。他苦撐著嘴角，聳了聳肩膀回應：「我知道，但是妳不喜歡我是妳的自由，我喜歡妳則是我的自由，這兩者並不衝突！」

羅娜愣了一下，她隨後嘆口氣道：「這樣你會受傷的，即使如此，你也不願放棄嗎？」

她實在不懂星滅的這份執著，她甚至都要懷疑自己到底哪裡好？居然可以讓一個連自己性命都不顧的人如此在乎？

「我連命都不在乎了，妳覺得我還會在意受傷嗎？就算是傷害，只要是妳給的，我都甘之如飴。」星滅一手按在胸膛上，認真地對羅娜說道。

「真是的……之後發生任何事我可不管喔！總之，你給我牢記，不准再對我做奇怪的事，不然我會讓你徹底灰飛煙滅，連魂魄都不留！」羅娜一手撐著額頭，頗為無奈地撥開瀏海，但警告威脅依舊十分犀利。

星滅也不愧是執著羅娜的人，他旋即笑開回應：「放心吧，我不會再做出讓娜娜醬傷心難過的事了。不過，讓妳親手擰碎我的靈魂好像也不錯啊……」說著說著，星滅陶醉似地扶著臉頰，陷入自己綺麗（？）的妄想中。

「夠了喔！你這個變態！」羅娜原本那一點點的惻隱之心，一下子被徹底粉碎。

「話說回來，你不單純是為了感情因素而想要成為我的式神吧？」

「嗯，娜娜醬果然很懂我呢，確實另有原因喔。」

「是什麼原因？」羅娜追問。

「啊——好累呀，我的靈力不夠了，需要御主補充一下了。」星滅先是轉移話題，接著伸了一個懶腰，下一秒便毫無預警撲向羅娜。

「喂！你這傢伙不要突然撲過來啊！我可沒說要給你補充靈力！」一腳將

星滅踹開，她可沒這麼容易就被占便宜！

「好痛啊……就算我只是靈體，被娜娜醬這麼粗暴對待也是會痛的……」摸了摸自己的肚子，星滅哀怨地對著羅娜說道。

羅娜一臉不屑地回應：「最好是會痛啦！你沒有實體，又不是訂過契約的式神，少來這一套！」

式神也是靈體的一種，在和御主簽訂契約後，就能從御主身上獲取一定的靈力，使式神如同「活著」一樣擁有五感和知覺。但這只不過是依存關係造成的假象。

「可是，我的心會痛啊——」兩手捧著自己的心窩，星滅浮誇地說道。

「誰理你啊！」

這種噁心的話對她無效無效無效！

「如果你只是想說這些，就給我滾出房間，我要睡了！明天一早可是要到聖王學園新生報到！」羅娜耐不住性子，對星滅下達逐客令。儘管她清楚，即便趕走了星滅，他也一定會偷偷賴在她身邊，但只要能短暫消失在她視野中就夠了。

想不到這麼一說，星滅整個人突然安靜了下來，像一隻呆頭鵝愣愣地杵在原地，遲遲沒有說半句話。

羅娜雖然覺得古怪，她還是心一橫，直接關了燈、拉上窗簾，一股腦兒往床上抱著枕頭睡了。

她才不想花更多時間在這頭狼身上，明天對她而言可是重要的大日子，說什麼都要好好養足精神才行。

眼看羅娜已不理會自己，星滅依然待在原地，愣愣地看著羅娜。

感受到有股目光正凝視著自己，那種被盯住的感覺令羅娜感到十分不自在，她乾脆翻過身，背對著星滅。

過了好一會，星滅終於有了動作。他靜悄悄地走向羅娜，背對著他的羅娜只能聽到細碎的聲響。

他又想做什麼了？

偷偷摸摸地到底要幹嘛？

在好奇心的驅使下，羅娜正想轉頭一探究竟之際，她突然感覺到有人爬上了自己的床。

「星……」

羅娜正要翻身喝斥，星滅卻搶在前頭，低聲地說了一句：「噓——讓我靜靜地躺在妳旁邊……好嗎？我保證不會對妳亂來……」

「什麼叫不會對我亂來……」下一句「你以為我會信嗎」還沒說出口，星滅便發出了呼嚕呼嚕的打呼聲。

……不是吧？

……這傢伙秒睡嗎？

被星滅這麼一弄，羅娜反而沒了睡意，她輕輕地翻過身，觀察星滅的一舉一動，發現這頭狼居然真的已經睡著了。

「還真是好睡啊……狼都這樣嗎……」羅娜小小聲地咕噥著，細細地端看著星滅的臉龐。

這頭狼，不說話的時候還挺可愛的嘛。

五官精緻又深邃，睫毛長又濃密……不對，她幹嘛欣賞這傢伙啊？

思及此，羅娜又再次翻過身，不想繼續被那傢伙的外表所蒙騙。

背後，星滅呼吸的聲音不斷傳進羅娜耳中。有別於一般人粗重的吐納，星滅發出的聲音更像是……

更像是貓咪在打盹的聲音。

明明是影「狼」族，卻發出宛如貓咪呼吸的頻率……這會不會太超過了一點？

就算不想對星滅產生任何好感……

但這可愛反差萌的聲音實在讓她聽得心頭發癢？

「太可惡了……居然用這一招……」羅娜把臉埋進枕頭之中，喃喃自語。

隨著夜色逐漸深沉，羅娜仍清醒萬分。這一切的源頭，就是躺在自己旁邊的那頭狼。

為何自己沒有第一時間將他踹下床？

為何自己要容忍一個總對自己意圖不軌的人？

肯定是前陣子參加考試累積了太多的疲累和壓力，讓她變得不像平時的自己了吧……

時間分秒流逝，羅娜的眼皮又痠又重，身體十分倦怠，腦子裡混亂的思緒卻使她遲遲無法入睡。

忽然間，熟睡中的星滅一個翻身，手就這麼自然而然地搭上羅娜纖細的腰部。

羅娜下了一跳，身體不由得顫動了一下。她本想將星滅的手挪開，但一抬頭，看到對方熟睡的容顏後，她的心又不禁軟了下來。

不知何時，星滅的頭頂又冒出那對毛茸茸的灰黑色耳朵，模樣看起來相當可愛。再搭配上星滅毫無防備的睡顏，以及聽著就莫名感到療癒的打呼聲，羅娜不禁在心底大喊：

這太犯規太超過了啊啊啊！

怎麼可以用這麼邪惡的方式誘惑她！

心跳加速。

該死地心跳加速。

羅娜真想用力捶捶自己的胸口，拜託自己的心臟不要這麼沒抵抗力好不好？這個人可是星滅啊！

「深呼吸……羅娜妳要深呼吸……」羅娜重新閉上雙眼，試著不斷洗腦催眠自己。

如擂鼓的心跳籠罩著羅娜聽覺，她真不知自己還要持續這樣的狀態多久？其實她也明白，只要一腳將星滅踢下床，一切問題就都解決了。只是每每對上對方毛茸茸的耳朵，以及看起來格外毫無防備的可愛睡顏後，即便是平常嫌惡星滅的羅娜，也不忍用如此粗暴的方式將他吵醒。

正當她不知該如何是好時，忽然有道聲音闖進她的腦海之中。

「本龍王就知道這臭小子肯定會對妳亂來。」

「巴、巴哈姆特？」她都沒注意到，這頭龍已經回到她體內了嗎？

「如果妳下不了手，本龍王就幫妳把他踢下床。」

「等、等等，就讓他睡吧……」

「讓他睡？就讓他這樣躺在妳床上抱著妳睡？」巴哈姆特訝異地反問羅娜。

「算……算了吧，反正他也不敢對我亂來，而且不是還有你在嘛……」反正她覺得能好好躺著休息就夠了。

「就算是這樣，我也看不慣這小子這麼得寸進尺！」

「那麼，我們也一起得寸進尺不就得了？」另一道聲音突然冒了出來。一如既往讓人捉摸不透的低沉優雅，一聽就知道是來自於羅娜的另一名式神，人稱「漆黑的深淵魔王」的法哈德。

「你什麼時候也回來了？不對，『一起得寸進尺』是什麼意思啊！」

「哦……真不愧是魔王啊，想得就是比別人陰險呢……不過本龍王喜歡你的提議——」對於法哈德的歸來，巴哈姆特倒是一點也不意外，甚至難得地贊同這位死對頭的說法。

「誰給我解釋一下！為什麼我聽不懂啊！」現場唯有羅娜仍一頭霧水，只是腦海裡的警鐘敲得越來越響亮。

「這個嘛……像妳這麼遲鈍的女人是不可能明白的。」

「哈啊？什麼遲鈍？我哪裡遲鈍了？」巴哈姆特的回應完全沒有解開羅娜的疑惑，反而讓她更顯慌亂。

她甚至產生了「現在是不是趕快從床上離開比較好啊」這種念頭。

可是，這兩個式神都在自己體內，她又能逃到哪去！

「我們的御主就是如此遲鈍呢，這也正是她的可愛之處。」

「是本龍王的御主，不是『我們』，本龍王到現在都沒認同你。至於這平胸女可愛還用你說嗎？」巴哈姆特針對法哈德的話如刀鋒般銳利，只是一旦把話題切回羅娜身上，馬上就換成了自豪的口吻。

「喂，我說你們——」羅娜正想繼續追問下去，一道黑影忽然遮蔽了她的視線，同時她的雙手也被強制抓住。

「看來只能用行動直接說明了，我的百合花。」法哈德充滿邪氣的笑臉懸在羅娜上空。

「放開我，法哈德，我警告你最好快點放開我！」羅娜不客氣地對著壓住自己的男人下達命令。

「怎麼辦呢？妳生氣的臉如此可愛迷人，叫我怎麼能放手呢？」

「法哈德你！」

顯然，法哈德的回答就是「不」，羅娜氣得兩頰漲紅。正想和巴哈姆特求救時，卻得到了更加絕望的答案。

「怎麼可以比本龍王先下手，你這混帳豹子！」巴哈姆特的口吻滿是敵意，但並非替自家御主伸張正義，而是氣法哈德比自己還要先出手。

「巴哈姆特怎麼連你也這樣？」羅娜瞳孔微微收縮，難以置信地睜大雙眼。

「不，你誤會我了，我可是連你的位置都替你保留好了呢。」把羅娜的話當作耳邊風，法哈德轉頭對著巴哈姆特說道。

「是嗎？」巴哈姆特眉頭一挑，反問法哈德。

「喂喂！我說你們兩個別無視我這個御主好嗎！」

看著巴哈姆特和法哈德你一言、我一句，完全不把自己的感受放在眼底，令被壓在身下的羅娜很是惱怒。

只是說也奇怪，在這麼吵鬧的情況下，星滅居然還能睡得如此深沉？

羅娜都懷疑這頭狼該不會只是在裝睡？

可是那可愛的打呼聲，以及微微淌著口水的嘴角，又使羅娜把剛剛的猜測收了回去。反正現在對她來說，自家的兩名式神似乎更有威脅性。

「喏，這隻手不就讓給你了？」一如既往無視羅娜的話，法哈德將自己另一手鬆開，騰出一個空位讓給巴哈姆特。

羅娜本想趁著這個空隙給法哈德一拳，但動作慢了一步，立刻就被不知何時來到床上的巴哈姆特給抓住。

「算你識相，豹子。」巴哈姆特冷冷地回應法哈德，抓住羅娜的手絲毫沒有放鬆。

羅娜徹底明白了，敢情這頭龍和豹子是把自己當成了他們的專屬獵物！

「我說你們別鬧了！別忘了，我可是有式咒能制裁你們！」

雙手分別被龍王和魔王抓住，羅娜從來沒有感受過這麼龐大的壓力——來自貞操的壓力！

「制裁？」法哈德嘴角挑起一笑，面對羅娜的威脅不慌不忙，從容優雅。

「如果妳真想用的話就用吧。」巴哈姆特也是一副游刃有餘的態度。

「可、可惡，別以為我真的不敢……」羅娜咬牙切齒。

她心知式咒的珍貴，每用一次式咒，雖然能強制式神聽從命令，相對地，御主也會損耗大量靈力。嚴重的話，甚至會讓御主的體力和靈力透支，因此，非到緊要關頭，御主是不會隨意使用式咒來控制式神。

「妳不是不敢，而是捨不得吧？」法哈德低下頭，朝羅娜右耳吹了一口氣。

「才、才不是捨不得……你不要故意朝我耳朵吹氣！」身體不由顫抖了一下，羅娜咬緊牙根反駁法哈德。

「法哈德，那可是本龍王專屬的福利，誰允許你這麼做了！」巴哈姆特眉頭一蹙，嫌惡地瞪了法哈德一眼。

說著說著，他也低下頭來，朝羅娜左耳吹了一口熱氣，「平胸女，妳可要好好品味一下，我的龍之吐息跟那傢伙可是完全不同等級啊……」

「什麼龍之吐息……你們一樣都是不安好心的變態！」羅娜雙頰緋紅如火，雖然有一部分是惱怒，但更多的則是被挑逗的羞澀。

可她絕對不會承認，她的內心和感官已經被這兩人燃起了曖昧的火苗。

要是讓他們知道了，他們肯定會洋洋得意，然後對她做出更過分的事！

「別這樣說，好歹我們是和妳訂下契約的式神呢……」法哈德邊說邊將視線投向在一旁睡死的星滅，「相較於這頭小狼狗，我們不是更有資格待在妳身邊嗎，我的百合花？」法哈德的口氣依然優雅，可任誰都能聽出濃濃的醋意。

就算是被巴哈姆特認證超級遲鈍的羅娜，也敏銳地察覺到了。

只是羅娜壓根不曉得該怎麼回應……不對，她根本不需要回應吧！

就這樣裝傻下去，裝做什麼都不知道才是上上之策！

「這頭豹子真是難得會說人話。」先對法哈德的發言表示贊同，接著巴哈姆特又將話鋒拋向羅娜：「星滅這小狼狗可以躺在妳身邊，為何我們兩個『正式式神』就不可以呢？」

「等等等等！我說你們誤會了吧？我又沒有允許星滅睡在我旁邊！我也是

被迫無奈好嗎！」羅娜據理力爭，可是她的兩名式神不把她的話聽在耳裡，巴哈姆特更是索性直接躺了下來。

「我說巴哈姆特——」羅娜正想阻止巴哈姆特，話都還沒來得及說完，本來牽制住她另一隻手的法哈德也跟著做出了動作。

「呵，讓你搶先了，老龍王。」法哈德輕聲笑了笑，眼看羅娜兩旁已被巴哈姆特和星滅占據，最後他猶豫一會，終於選好了自己的位置。

「嗯，那就選這邊吧。」話音一落，法哈德不顧羅娜錯愕的表情，直接在羅娜頭頂上方側躺了下來。

「喂！法哈德你不要鬧了！那麼狹窄的地方要怎麼躺人啊！」羅娜伸手扯了扯對方，然而法哈德怎樣也不願離開，他一手撐著頭，如大佛般側臥在羅娜頭頂上方，一臉從容地看著她。

「這不就躺好了嗎？」法哈德嘴角微微上勾，反問羅娜。

「你這樣最好能睡著啦！」

「怎麼不能呢？只要有妳在我身邊，每一晚我都能甜美地進入夢鄉啊——」

法哈德的話令羅娜有些愣住，一旁的巴哈姆特則一身惡寒。

「喂喂喂，你這頭豹子可不可以不要如此噁心？我家御主可不吃你這套！」

「連話都不會好好說的老龍，躺在我的百合花身邊，不會顯得老氣橫秋嗎？」

「哈啊？有種再給本龍王說一次！」巴哈姆特青筋爆出，嘴角氣得不停抽搐。

眼看這兩人又要吵起來，為了自己今晚的安寧以及寶貴的睡眠時間，羅娜只好出來調停：「我說你們夠了喔！到底還讓不讓我睡？身為我的式神難道不能替我著想一下嗎？明天可是聖王學園的新生入學儀式耶！」

羅娜頭痛欲裂，為何偏偏在這最需要好好養精蓄銳的時間上，這兩人——不，還得加上那頭睡死的狼——這三人非得這般折磨她？

她只是想好好睡一覺而已！有那麼難嗎！

在羅娜一吼之後，現場一片鴉雀無聲，唯有星滅仍發出可愛的打呼聲。巴哈姆特和法哈德兩人面面相覷，最後是羅娜的嘆息聲打破沉默。

「唉……我不理你們了……」羅娜身心俱疲地闔上雙眼。

她決定了，就算巴哈姆特和法哈德再怎麼吵鬧，她都鐵了心不撐開眼皮。就算這兩人對自己毛手毛腳……她也絕對不要管！

眼看自己的御主已經緊緊閉上雙眸，巴哈姆特和法哈德彼此互看一眼，最後也各自妥協地躺了下去。

當然，床就這麼大，硬是擠了四個人實在太過擁塞。但包括星滅在內，其餘三人都側著身子，盡可能不占去太多空間。

他們這麼做，是為了讓羅娜躺得更舒適自在。儘管羅娜希望的是他們別擠在這裡，但這已經是三人最大的讓步了。

小小的房間，小小的一張床，卻塞滿了三人對羅娜的心意。雖然這份溫暖過於炙熱，將羅娜擠得有些濕悶……但她的心默默感受到一股難以言喻、前所未有的滿足。

至於到底要不要和星滅訂下式神契約，以及要如何處理法哈德和巴哈姆特之間不融洽的關係，甚至是追查當年殺害雙親的凶手，這些一想起來就會讓她頭疼萬分的事，還是留到明天再去煩惱吧。

第七章

Scepter of Rose King

陽光普照，金色光線穿過潔白雲層傾瀉而下，明亮地照在羅娜前方的大道上。

大道的兩側種滿了櫻花樹，此時正值櫻花盛開的季節，淺粉色的花瓣隨風起舞，空氣中飄散著令人沉醉的花香。

天氣如此美好，迎面而來清爽的涼風有如妖精輕拂過臉頰。在眾人矚目之下，羅娜那雙穿著黑色方跟鞋的雙腳踩踏著輕盈的步伐，她一手拎著繡有聖王學園校徽的皮革書包，一手輕輕地調整了一下胸前的蝴蝶結後，面帶自信的微笑，昂然走入聖王學園的大門之中。

終於到了這一天——

終於到了可以抬頭挺胸走進聖王學園的一天！

羅娜抬起頭，看著校門上方懸掛著一條精緻的繡花旗幟，標語上寫著「聖王學園新生入學儀式」。

斗大的字體映入眼簾，羅娜的嘴角不由自主地高揚。千辛萬苦抵達此處，終於能穿上聖王學園的專屬制服、成為學園的一分子！

一路上，旁邊圍滿了記者與旁觀群眾。每屆聖王學園的新生入學儀式都會成為頭條，因為大家都想看一看那些通過最終測驗的優秀學生。

雖然最終錄取名單早已在各大平臺上公布，但只有在入學儀式當天，大家才能親眼目睹「小薔薇」們的風采。因此各家媒體都會派遣許多人力來報導聖王學園的新生入學儀式。

有多麼空前盛況呢？

當羅娜穿著聖王學園制服出現在校門口時，馬上就有一票記者衝了上來，很快就將她包圍成一個密不透風的小圈圈。

一時間無數支麥克風搶著遞到羅娜面前，等待著她的答覆。

「羅娜同學，請問妳對於錄取聖王學園有什麼感想？」

「羅娜同學，今天是不是很開心？會不會很緊張？」

「羅娜同學，請朝這邊笑一下讓我拍張照吧！」

記者們熱烈的發問，以及一支支圍堵上來的麥克風，還有那不斷發出「啪擦啪擦」閃光燈的相機，都讓羅娜感到前所未有地慌張。

即便已經在鏡頭前曝光過那麼多次，也透過網路直播給這麼多人看過，但第一次面對這樣的場面，羅娜還是很不習慣，更不知該如何開口回答。

正當羅娜不知該如何是好之際，其中一名記者又拋出更令她無所適從的尖銳問題。

「請問羅娜同學，關於最後一場測驗的內容，針對網路上對妳的評語，妳有何想法或回應嗎？也有部分民眾認為，妳只是用腥羶色來吸睛，僥倖依靠擦邊球通過考驗，關於這點有什麼話想說嗎？」

「這、這個……」

從本來的慌張變成尷尬錯愕，在羅娜不知該如何應對時，另一道聲音突然闖入。

「真是無聊，就算是僥倖過關也是過關，你們這些考不上聖王學園的人還真是無聊。」

隨著聲音傳了過來，眾人的注意力跟著轉移，羅娜也忍不住抬頭看了過去。

「是賽菲！」

「是本次應屆考生中成績最好的賽菲！」

「快！快去拍他！」

記者們驚呼連連，一瞬間就把圍繞在羅娜身邊的人群吸引過去，留下一臉反應不過來的羅娜。

「賽菲！請看這裡！」

「賽菲同學請接受我們的專訪好嗎！」

「賽菲同學請告訴我們，自始至終都維持第一名成績的你是如何辦到的！」

和羅娜接收到的問題截然不同，賽菲一登場就引來更多熱烈的目光，就連記者們的態度也是誇讚居多，連專訪的禮遇都出來了。讓一旁同樣考進學園，卻是低空飛過門檻的羅娜心裡有些不是滋味。

「這就是第一名跟最後一名吊車尾的差別待遇啊……平胸女，本龍王都想同情妳了。」

「閉嘴，巴哈姆特，你不說話沒人把你當空氣。」羅娜眉頭一皺，沒好氣地反駁回去。

「那空氣很可能不太好聞喔……我的百合花啊，妳需要『新鮮』空氣的話，歡迎隨時到我懷裡。」

「法哈德，你不說話也沒人會把你當啞巴。」法哈德的話一點鼓勵作用都沒有，這傢伙只是一找到空隙就想趁機嘲諷巴哈姆特而已。

「豹子，如果你的鮮血可以散發出芬芳的話，本龍王很樂意替御主把你大卸八塊。」果不其然，羅娜體內的兩名式神又快吵了起來。

「我說你們……可不可以讓我安安靜靜地上學去啊……」好不容易趕跑一群如沙丁魚般蜂湧而至的記者，羅娜可不想一直聽到這兩人的鬥嘴。

「就是說，你們兩個老人別吵娜娜醬，害她沒心情上學啦！」另一道不應該出現在這裡的少年嗓音突然出現，將劍鋒掃向巴哈姆特和法哈德，毫不畏懼這兩名不好惹的傢伙。

「你才是最該安分的傢伙吧！沒有正式成為式神的小狼狗給本龍王滾開！」龍王震怒了，差一點就要用尖銳的獠牙撕碎對方的靈體。

「低等的畜生，給我退到一邊……否則來自黑暗深淵的力量會將你吞噬殆盡。」繼巴哈姆特之後，深淵魔王也用冷冽的口吻對著某人說道。

「哇啊，好可怕啊，娜娜醬我好怕妳快保護我！」被龍王與魔王輪番威脅，星滅居然轉頭跟羅娜求救。

「你到底有什麼資格要我保護你啊……」羅娜真的搞不懂，這世上怎會有如此厚臉皮的人？

不，嚴格來說星滅不算是人，只是一個硬賴在她體內、死皮賴臉附在她身上的亡魂。

話說回來，她自己也該檢討一下，昨晚放任這傢伙睡在自己房裡，一早醒來就被強行附身，也沒真的狠下心來趕走他……

至於巴哈姆特和法哈德，大概是當初答應這小子要讓他成為羅娜的式神，即便再怎麼不喜歡他，也沒強制將星滅趕出去。

總之，只能怪自己太心軟，而且現在在前往新生入學儀式的途中，說什麼都不能再節外生枝了。

「無視無視無視……」羅娜像是想要洗腦自己一樣，低下頭來喃喃自語。

「喂，妳。」

將記者們都趕走後，終於得以脫身的賽菲朝羅娜走了過去，不客氣地叫住她。

「呃，找我？」羅娜停下腳步，有些納悶地將視線投向叫住自己的賽菲。

分數最高的頂尖考生賽菲及分數最低的吊車尾考生羅娜的碰面……感覺對媒體來說很有話題性。

羅娜的這個想法很快地得到驗證，她一轉頭，就發現本來散去的記者們又重新圍了上來，以光速開始狂拍他倆的照片。

閃光燈不斷閃爍，刺眼的光芒令她雙眼不時微微瞇起。相較之下，在她對面的賽菲依舊板著一張撲克臉，那如冰山美人般的俊秀臉龐毫無情緒起伏。

羅娜心想：真不愧是第一名的考生啊……

態度從容、意志堅定，完全不受旁人的影響呢……

思及此，羅娜趕緊調整好心態，重新面對賽菲。

「妳的考試我都有看過。」這是賽菲和羅娜說的第一句話。

「是嗎？那……我的榮幸？」沒想到賽菲居然會看她的考試，羅娜或多或少有些受寵若驚。

只是她很納悶，像賽菲這麼優秀的考生，怎麼會特別關注她的比賽？

該不會……是想看她的笑話吧？

「想不到妳是這種會說客套話的類型，可惜我不是。」賽菲眉頭一蹙，語氣中有一點高高在上味道。但這也無可厚非，畢竟對方是考生中最優秀的存在。

只是她也不是吃素的，就算是最後一名也是有自尊的！

「你到底想跟我說什麼？」既然對方表現得十分不客氣，羅娜也用不著熱臉貼人冷屁股，反正她現在已經不需要再偽裝成「娜娜醬」了。

「我很好奇，」賽菲停頓了一下，下巴微微抬高，那種睨視的眼神讓羅娜有些不快。「妳到底是為了什麼，不惜讓自己像個小丑一般醜態盡出，也要進入聖王學園。」

賽菲字字句句宛若冷箭般直擊羅娜的心坎。

「你還真是非常不客氣啊……賽菲同學。」羅娜嘴角微微抽搐，尷尬中努力壓抑著心中的一絲不悅。

她要忍耐。

她在外界眼中已經是個依靠擦邊球錄取的墊底新生，如果再讓媒體捕捉到她和賽菲吵起來的畫面，恐怕日後又要被冠上各種奇怪的名號。

總覺得經過聖王學園入學考試，她已經不再像當初那般衝動，凡事都會三思而後行，這也算是一種成長吧……

「我只是實話實說，我都說了，我不喜客套。」對面羅娜僵硬的笑容，賽菲依然故我地做出回應。

在記者不斷閃爍的鎂光燈下，賽菲再次開口，「我會在這扇校門內繼續觀察妳，因為妳實在是很有趣的小動物。」

留下一抹高冷的微笑，隨後瀟灑轉身，雙手插著口袋逕自離開。

在賽菲離開後，記者們也跟著追了上去，再度拋下被眾人冷落的羅娜。

「這傢伙搞什麼啊，怎麼可以說我的娜娜醬是小動物！」待在羅娜體內的星滅氣呼呼地說道。

巴哈姆特跟著回應：「那傢伙的確讓人不爽，但他也沒說錯，平胸女的確在考試上表現不佳。」

「就算這樣也不能如此囂張吧！難道你一點都不心疼娜娜醬？」星滅立刻反駁巴哈姆特。

「討論這些根本沒有意義，你們別吵了。」羅娜壓低嗓音，對體內的三名式神說道，「總有一天，我一定能超越賽菲。」

「呵，妳不會只是說說而已吧？」沒有加入爭吵的法哈德興味盎然地詢問自己的御主。

「你覺得我是那種光說不練的人嗎，法哈德？」羅娜眉頭一挑，反問對方。

「依我過去的經驗，我的百合花向來是說到做到。比如考進聖王學園這件事，妳就做到了。」

「你清楚就好。不過你可別搞錯了，我這麼做不是為了搏取你的歡心，我只是為了我自己。」

話音落下，羅娜再次挺起胸膛，筆直地往禮堂前進。

然而，她卻沒注意到，她的身後還有另一道冷冽的視線正觀察著她。

恢弘氣派的建築，由前任總理親自命名的「聖薔大禮堂」，是聖王學園內著名的景點與象徵之一。建築外觀用潔白的大理石堆砌而成，層層往上搭建成一個圓弧形的尖塔。

湖水綠的典雅屋頂覆蓋其上，前方大門用漂亮草書字體寫著「聖薔大禮堂」。周圍圍繞著一朵朵盛開的白色薔薇，讓整座建築散發出格外聖潔的氣質。偌大門扉緩緩敞開，門上雕鏤著精緻的復古花紋，就連門把也漆上閃耀的金色，整體看起來分外富麗堂皇。

羅娜心想：真不愧是聖王學園，全國最頂尖的一流學校，每個細節都是揮霍金錢之下的產物。

但這也不意外，聖王學園歷年人才輩出，許多校友掌握國家大權，又或者成為一方富甲，對學校的回饋自然是毫不吝嗇。

不知道，自己未來是否也能成為這樣的人？

不對，想這個幹嘛，她拚了命考進聖王學園可不是為了變成有錢人啊！

進入禮堂內，映入羅娜眼簾的，是滿滿的人潮。大多數是穿著聖王學園制服的新生，其他則是校內師長與達官貴人，當然也少不了早已列陣排開的記者們。

「那群記者果然甩不掉啊……」羅娜有些感慨，某方面來說也挺同情他們的。

「可不是嗎？記者就是這樣的生物唷。」

旁邊傳來一道甜美嗓音，羅娜循聲轉頭一看，是一名戴著黑框眼鏡、看起來與嬌柔音色完全不搭的文青少女。

「我知道妳唷，妳是羅娜對吧？我叫安莎莉，妳叫我小安就好。」厚重的黑框眼鏡下，一雙眼笑咪咪地對著羅娜，這莫名親切的問候反而讓羅娜有些警惕。

「安莎莉……安莎莉……」重複著對方的名字，羅娜認真地想了一下，突然靈光一閃，猛然想起在哪聽過這個名字。

「啊，我想起來了！妳就是那個跟我成績差不多的考生？我記得妳！」羅娜彈指一聲，眼睛微微睜大地看著面前的少女。

「嗚……雖然是事實，還是有點小受傷啊……不過，妳記得我算一件令人開心的事啦！」安莎莉撓了撓自己的臉頰，有些尷尬地別開目光，雙頰染上一抹淡淡的紅暈。

「有什麼好受傷的，我比妳更墊底呢。話說回來，妳找我有事？」羅娜無所謂地聳了聳肩，她向來是大剌剌的性子，完全不拘泥於這種小節。

「也沒什麼事啦……就只是……就只是覺得，應該可以跟妳成為朋友……」安莎莉推了推厚重的眼鏡，害羞地低下頭，越說越小聲。

「跟我成為朋友？抱歉，我沒有惡意，但上一個主動親近我、說是我粉絲的傢伙，後來還在考場上跟我廝殺呢。」

「哈啾！」羅娜才剛把話說完，下一秒在她體內的某名寄宿者便打了個大大的噴嚏。

「哎呀，看來有人偷偷說你壞話呢，臭小子。」巴哈姆特對著星滅冷笑。

「根本不是『偷偷』，而是正大光明呢。」法哈德也跳出來補了一槍。

「你們都給我閉嘴！別說得好像我一點也不在意好嗎！」先是被羅娜開了一槍，接著又被巴哈姆特和法哈德輪番挖苦，星滅終於受不了爆氣了。

在體內式神們爭吵不休的同時，羅娜自動無視這三人，身為一名專業御主，她早已練就可以隨時無視式神的聲音。

「嗚……我、我不是那樣的人！」

「抱歉抱歉，我不是有意要惹妳哭的！」

看著安莎莉厚重的鏡片下已蓄滿淚水，羅娜趕緊安慰對方。她可沒打算在入學第一天就惹哭同學，而且旁邊滿是記者，她才不要替自己又增添一筆閒話。

同時羅娜也反省自己，她講話是不是太過直接了啊……

「沒、沒關係，我沒事，我沒事……今天可是我們重要的入學儀式啊，應該要開開心心才對……」一邊哽咽，一邊抽吸著鼻涕，安莎莉搓了搓自己發紅的鼻尖，勉強擠出一抹微笑。

看著安莎莉這副模樣，羅娜心中更產生了一股難以言喻的愧疚感，她只能對安莎莉安撫道：「咳咳，我沒什麼惡意……其實，我也滿喜歡交朋友的，哈、哈哈哈……」

「真、真的嗎？」一聽到羅娜這麼說，安莎莉的眼睛馬上亮了起來，一掃前面的陰鬱難過。

「嗯，交朋友又不是什麼壞事。只是話說回來，妳怎會覺得我跟妳合得來？」看到安莎莉的神情終於明亮起來，羅娜稍稍放心，繼續丟出自己的疑問。

「啊，那是因為……」話還沒說完，安莎莉後方就傳來一道聲音。

「真是奇景，兩個最低分的新生站在一起，還真是和樂融融啊。」語氣中充滿諷刺和揶揄，一名男同學正率領著其他數名新生向兩人迎面走來。

羅娜面無表情地看向對方，這時安莎莉有些不安地抓住羅娜的手，壓低嗓音道：「我們快點離開這裡吧，要是被那群人盯上的話……」

「先別急。」羅娜輕輕推開安莎莉的手，一臉無所畏懼地走向前方。

見狀，安莎莉緊張地叫住羅娜：「羅娜同學！」

「這一身俗氣暴發戶的打扮，你是之前編號七十八號的考生『王任』吧？」

面對來者不善的一群人，羅娜挺直腰桿、昂首挺胸，一手扠著腰，毫不客氣地對方才出聲的男同學說道。

看到羅娜這囂張的舉動，安莎莉趕緊跟在羅娜背後，有些慌張卻又不知該如何是好。

「哦……膽子不小嘛，果然之前可愛的娜娜醬都是裝出來的，本人原來是這麼潑辣的個性啊？」名叫王任的男同學皮笑肉不笑，有些諷刺地說道。

「那又如何，反正大家都知道了不是嗎？反倒是你，從頭到腳都散發著暴發戶的氣息，有什麼資格對我批評指教。」一點也不受對方言語的挑釁，羅娜不在乎地反嗆回去。

「哼，像妳們這種低空飛過的考生，不只成績差，就連嘴巴也很差勁。」王任冷哼一聲，他身後的同學跟著嘲笑附和，同時對羅娜和安莎莉投以不屑的眼神。

「如果你只是來耍耍嘴皮子，我這就走了，我不想在你們身上浪費時間。」說完，羅娜轉身就要離開。

這舉動更惹得王任憤怒不滿，他氣得直指羅娜大喊：「妳這囂張的女人！第一天就膽敢得罪我！往後的日子絕對要妳好看！」

「安莎莉，我們走吧，別理瘋狗咆哮。」無視王任失態的叫吼，羅娜瀟灑地轉身，準備和安莎莉一同離開。

「可、可是……」安莎莉仍一臉不安，她一邊看著羅娜，一邊頻頻回頭看向生氣的王任，猶豫不決。

「沒什麼好可是，除非妳想加入他們，我不會攔住妳的。」

「唔！」面對毫不挽留的羅娜，安莎莉咬著牙根，掙扎了一會，最終做出了決擇——她硬著頭皮抓住羅娜的手，雙眼瞇起，快步跟著羅娜離去。

「呵，選得不錯嘛。」手臂上感覺到安莎莉緊緊抓牢自己的力道，羅娜嘴角微微上揚。

「妳們！妳們給我走著瞧！還有羅娜——妳們家會被滅門不是沒有原因的！」

對方的這句話，頓時讓羅娜停住腳步，她還沒回頭，王任就接續說：「妳一定不曉得為何會發生那種慘劇吧？像妳這樣低階的人怎麼會——」

話還未說完，羅娜瞬間掉頭，一個箭步衝到他面前，睜大雙眼，森冷的眼神透出冷冽光芒，羅娜的臉色陰森得宛若魔鬼，她死死地盯著王任，卻不吐半句話。

「妳妳妳……妳想幹嘛？妳、妳以為這樣我、我、我就會怕嗎！」王任表面上故作強勢，可任誰都看得出來，他早已牙關打顫、冷汗直流。

「羅娜！」一旁的安莎莉見狀也慌張地衝上前，想拉住羅娜，阻止事態繼續惡化下去。

但羅娜冷冽陰森的氣場實在太過強大，即便是安莎莉也被這股氣勢震懾。不光是安莎莉，連那群在王任後頭看好戲、幫忙助長氣燄的同學，也全都噤若寒蟬。

同時，一旁不相干的路人開始頻頻側目，記者們也嗅到令人興奮的火藥味，準備靠過來捕捉勁爆的報導題材。羅娜眼角的餘光注意到蠢蠢欲動的記者們，她思考了數秒後，深吸一口氣，緊緊地抿了抿嘴唇。

「呀──」羅娜突然發出謎樣的叫喊，下一秒迅速變了臉色，「真是的──如果你知道凶手是誰的話，就直接告訴我嘛！」她換上一張異常燦爛的笑臉，明明是陽光般燦爛的笑容，卻讓王任與旁人看得心裡發寒！

「羅娜……」雖然羅娜沒有真的和王任硬碰硬，安莎莉多少鬆了口氣。但只要事情還沒真的結束，她心中始終不踏實。

羅娜家的滅門血案……

在聖王學園的考生中，這件事大家多少略有耳聞。

畢竟考生之間本就是競爭關係，研究對手是再正常不過的事。再說，羅家的滅門事件在當年無人不知、無人不曉，由其在靈人界，更是常常被人拿來聊天八卦。

安莎莉不會隨便議論別人的痛苦往事，只是或多或少聽過傳聞。王任顯然是踩到羅娜的大地雷，但沒想到羅娜竟能強壓下那股憤怒……

在安莎莉的心中，一股敬佩之意油然而生。

「妳……我……我才不會浪費時間在這種無聊的事上！那是妳的問題干我什麼事！」看到羅娜暫時收起原本強烈的殺氣，王任這才稍微恢復平常的口氣，他刻意別過頭去，不與羅娜對視。

王任絕對不會承認，剛剛的剎那之間……他有多麼畏懼羅娜森然的眼神和氣魄。

「哦，看來你自己也很清楚，這是我家的事……對吧？」羅娜眉頭往上一挑，依舊皮笑肉不笑地問道。

「那、那又如何？」

「我只是覺得，王同學既然都這麼說了，那麼應該清楚──我家的事就不勞煩你操心了吧？」羅娜的口氣瞬間變得凌厲起來，宛如快劍一般，殺得王任措手不及！

「唔！」王任一時間啞口無言，不知該如何回應。

「麻煩你務必牢記這點，王、同、學。」刻意地加強語氣，羅娜嘴角帶著張揚的笑容，一個瀟灑地轉身，便逕自大步離去。

「可、可惡！居然在大庭廣眾下讓我丟臉……」被留在原地的王任氣得咬牙切齒。從來沒有人敢這樣對待自己，他的實力絕對比那個臭女人更強，無論哪方面，王任都自認不輸旁人！

這份屈辱……

這份屈辱，他日後必定要羅娜徹底償還！

王任握緊拳頭，憤憤地怒瞪著羅娜遠去的背影，在心中暗暗地許下報復的誓言。

另一方面，羅娜步伐輕快，似乎一點也不受王任的影響，她走到自助吧檯前，看著餐桌上琳瑯滿目的輕食甜點，似乎猶豫著要挑選哪一樣。

安莎莉悄悄走近，臉上依然略帶緊張神色的她，和羅娜形成了鮮明對比。她忍不住小聲地詢問羅娜：「羅娜同學……妳就不怕得罪王任？」

「怕？為什麼不是他擔心得罪我？」

羅娜的回答，完全出乎安莎莉的意料，她傻傻地問道：「妳是認真的嗎？羅娜同學，妳應該知道王任他……」

「嗯，我知道喔。他老爸是國家議會的議長，而且他還是寶貝的獨生子。除此之外，聖王學園入學考試中，他的成績不俗，整體表現落在中段，遠遠地把我甩在後面呢。總而言之，就是個有錢、有權、能力又不算太差的公子哥兒……啊，就先吃這個好了！」羅娜一邊回答安莎莉的問題，一邊愉快地挑選精緻的甜點。

「妳說得真輕鬆啊……既然如此，妳怎麼不替自己多想一下呢？一入學就和這種階級的人結下梁子，往後他若有心讓妳畢不了業，以他的家世絕對有可能做到！」看著羅娜托著裝盛甜點的盤子，安然自若地品嘗著甜點，安莎莉不知道在心裡感嘆了多少次。某方面來說，她還真是挺佩服羅娜的。

「安莎莉。」羅娜突然叫住對方的名字，氣氛好像瞬間凝重了起來。

「欸？」安莎莉有些愣愣地回應羅娜，莫名地有些緊張。

「妳是不是也知道我家的事情？」

「確、確實有些耳聞……」

沒想到羅娜主動將話題帶回如此沉重的事情上，安莎莉不由地繃緊神經。但是安莎莉不明白，這和她方才對羅娜說的那些話有何關聯？

「那我現在告訴妳，我進入聖王學園的理由和其他學生不一樣。」羅娜轉過身來，一臉認真地面對安莎莉。不過她的嘴角還沾著一小塊白色奶油，可惜她本人毫無自覺。

看著這樣的羅娜，安莎莉有些想笑，卻又因眼下的話題太過嚴肅而強忍笑意，她戰戰兢兢地問道：「什麼理由？該不會……是想得到『薔薇王者權杖』？」

薔薇王者的權杖——

這是聖王學園中傳說一般的存在。

它代表著榮耀、權力和常人絕不可能擁有的絕對力量。外界盛傳，只要掌握權杖就能掌控全世界。但想要得到它，只有世界最頂尖的人才「有可能」做到。

如果說聖王學園的入學考已經是極高的門檻，但在「薔薇王者權杖」面前，這一切試煉都是那麼地微不足道！

也因此，雖說「凡是聖王學園出身者，皆有權挑戰薔薇王者權杖的權利」，實際上，敢挑戰的人卻十分稀少，更別說通過考驗。繼上一任權杖的擁有者退位後，已經過了十年之久，這十年間，艱難的試煉不知淘汰了多少頂尖的挑戰者。

安莎莉和羅娜一樣，都是墊底的考生，但她向來有自知之明，像她這樣的人，怎麼可能會和薔薇王者權杖扯上關係……那是她想都不敢想的、至高無上的存在。

對她來說，能進入聖王學園已是大幸，她只求順利畢業，讓她得以脫離窮困的生活，那對她來說，才是最重要的事。

所以，她才會害怕惹上王任這樣的人。

畢竟，對絕大多數人來說，「薔薇王者權杖」是只能遙遙仰望、無法企及的榮耀。

握緊拳頭，安莎莉不安地等待著羅娜的回答。

然而，羅娜的答案卻出乎她的意料。

「哦，妳說『薔薇王者權杖』啊……那個可以考慮一下，如果有機會的話，可以順便試看看啦。」

「哈啊？」安莎莉徹底傻眼了。

順順順……順便？

「薔薇王者權杖」對羅娜來說，只是可以順便試試看的東西……？

難道還有比取得權杖更加困難的事物存在？

羅娜知不知道自己到底在說什麼啊！

「等、等、等等等羅娜同學！什麼叫『如果有機會的話，可以順便試看看』？順便？那可是『薔薇王者權杖』啊！別說得這麼簡單好嗎！」安莎莉難以置信地看著羅娜。

她這反應讓羅娜有些困惑，她歪著頭反問：「呃，妳幹嘛這麼激動？」

「唔！我、我只是覺得妳實在太不可思議了……」意識到自己的失態，安莎莉推了推眼鏡，有些心虛地回應。

「不可思議？會嗎？換做是妳，不應該是想找出滅門慘案的凶手嗎？」羅娜吃著蛋糕，語氣雲淡風輕。

「原、原來這就是妳真正的目的？」安莎莉倒抽一口氣。

「不然呢？妳真以為我只想混到畢業？」

「不、不，我不是這個意思……我只是有些好奇，妳怎麼會來聖王學園找尋凶手？難不成……凶手是聖王學園裡的人？」安莎莉愣愣地看著羅娜。

看到羅娜還是一臉自在的模樣，安莎莉心想：到底是羅娜太過堅強，還是她早已習慣傷口的疼痛？

無論如何，她都很納悶羅娜這麼做的理由。

「因為，曾經有人跟我說過……真相就藏在聖王學園裡。」羅娜眼簾低垂，語重心長地說道。

「真相？」安莎莉重複了羅娜的話，為何是「真相」而非「凶手」？究竟是此人的身分難尋，抑或是……事情比她想像的還要複雜許多？

「嗯，真是不可思議，我居然對才剛認識沒多久的人說這些……看來我們真的有可能成為好朋友喔，小安！」羅娜用力地拍了一下安莎莉的肩膀，讓她差點被剛喝下的飲料嗆著。即便如此，安莎莉的心卻因為羅娜這句話，變得溫暖而踏實。

本來還在擔心王任的事，安莎莉忽然覺得事情或許沒自己想得那般嚴重了。看著眼前神采奕奕的羅娜，一種敬佩之意從胸腔中油然而生。

要是自己也能跟羅娜一樣坦然堅強就好了。

有那麼一瞬間，她的腦海甚至閃過這樣的念頭：如果是羅娜的話，搞不好真的能通過「薔薇王者權杖」的試煉。

正想更進一步了解這個朋友，禮堂前方的舞臺上忽然傳來了一道聲音。

「各位可愛的新生，大家午安。接下來，我們要正式進入聖王學園一年一度的新生入學儀式——」

第 八 章

Scepter of Rose King

廣播一出，所有學生紛紛停止原本的動作，本來喧鬧的會場也安靜下來，所有人都面向舞臺，屏息以待。

羅娜和安莎莉也不例外，兩人和其他同學一樣，都將目光集中到前方的舞臺上。

一名像是司儀的女子先是將準備好麥克風放到舞臺中央的麥克風架上，隨後，她儀態優雅地走到舞臺一側，端正站姿，用典雅溫柔的聲音宣告：「現在，有請本校的校長——所羅門校長，為大家上臺致詞！」

在司儀的隆重介紹下，臺下的學生們也開始鼓掌，清脆的掌聲如浪潮一般響徹雲霄。

眾所矚目之下，名為「所羅門」的優雅男子緩步踏著臺階，走上偌大的舞臺。

「這個校長……名字還挺有意思呢。」羅娜的腦海中，響起巴哈姆特的聲音。

「所羅門啊……真不知這是他的真實姓名，還是自己封的號呢。」繼巴哈姆特之後，法哈德的聲音也跟著響起，語氣頗為興味盎然。

「不管是哪一種都很狂妄吧？怎麼有人類敢自稱『所羅門』。」星滅也提出自己的看法。

「狂妄？怎麼說？」聽到兩位式神以及一位至今仍賴在她體內不走的死鬼熱烈討論，羅娜也忍不住詢問起來。

「妳該不會沒聽過『所羅門』這個名字吧，娜娜醬？」星滅訝異地問向羅娜。

「什、什麼啊，我怎麼會沒聽過所羅門的大名呢？你們未免也太小看我了……」

「哦，是嗎？不然妳把妳知道的傳聞說來聽聽？本龍王洗耳恭聽。」

「唔，那個所羅門……就是……那個啥的……」

「明明就不知道還裝懂，叫妳平常多讀點書、多涉獵一些知識，妳看看妳現在都說不出個所以然來！」聽到羅娜心虛的回答，巴哈姆特馬上不留情地吐槽。

「少囉嗦！我很忙的好不好？反正都已經通過入學考了，幹嘛還要去管那個啊！」羅娜有點惱羞成怒，氣呼呼地駁斥巴哈姆特的說法。

她最近忙於應付入學考試，況且她一點也不明白，為何必須知曉「所羅門」這名字的由來啊？

這很重要嗎？

「既然我們的御主不曉得，直接告訴她又何妨呢？我的百合花啊，且讓我告訴妳吧——」在巴哈姆特吐槽之後，法哈德溫柔的音色也跟著響起。

只不過他這麼一說，立刻惹得巴哈姆特有些不高興，「喂，你這一肚子髒水的魔王，別趁機裝好人替自己刷好感度啊！要說，也應該是本龍王親口告訴她！」接著，巴哈姆特話鋒一轉，「聽著，所羅門這個名字源於『所羅門王』，他就是傳說中可以控制七十二魔王的大召喚師！」

正當巴哈姆特要繼續說下去時，星滅插嘴道：「哈，說到這個，所羅門王如果真的在世，應該要把法哈德給收服才是，這樣他就可以變成『控制七十三魔王的大召喚師』了。」

「哼，我願意服從的永遠只有羅娜，我美麗的百合花。」法哈德冷冷地回應星滅，接著口氣一轉，馬上向羅娜獻上自己的深情與專一。

「噁心！邪惡！這老謀深算的傢伙居然又對娜娜醬進行深情攻勢！你是人體發電機嗎！」星滅聽到法哈德這麼說後，馬上嫌惡地反駁。

「人體發電機啊……還真是貼切的形容呢……」

雖然不是很想應和星滅的話，羅娜倒是難得認同了他的說法，至少這傢伙在取綽號的能力上還頗有天分。

「不過話說回來，原來所羅門這名字的背後有這麼光輝的事蹟啊……」羅娜輕輕地點了點頭，目光又看向站到舞臺中央、拿起麥克風的所羅門。

「這只是他其中一項比較知名的事蹟而已。所羅門王與他的父親大衛王，是共同創造出古代以色列黃金時代的厲害人物。」巴哈姆特接續說：「《舊約聖經》和《列王記》都有記錄所羅門王統治以色列的豐功偉業，他不光是一名傑出的國王、領導者，還是一名出色的大召喚師。某種層面來說，他就像是靈人的始祖。關於所羅門王的事蹟，可以說上三天三夜，他真的是一個非常厲害的傢伙！」

從巴哈姆特的口吻中，不難發現他對所羅門王的推崇和敬佩。

「原來如此……真沒想到你這頭老龍王居然這麼博學多問，了解挺多的嘛。」羅娜嘴角微微揚起一點弧度，內心著實對巴哈姆特的學識淵博感到意外。

「開什麼玩笑，本龍王好歹也是上古龍王，光是見識就比你們多出許多。再說，別看本龍王這樣，我可是一有時間就會涉獵各種知識。所以才要妳好好看書啊，羅娜。」

「知道啦，日後有時間我會好好看書吸收知識！」羅娜心想，這傢伙根本就是一頭龍形的老媽子吧？

這時，前方傳來校長所羅門的致詞：「各位長官，各位媒體朋友，以及今日來到聖王學園的小薔薇們——當然，還有陪同御主一同到場的式神，日安。鄙人是聖王學園的校長，所羅門。今天，很高興見到你們通過艱難的測驗來到此處，接下來，鄙人將以聖王學園校長的身分和大家說幾句話。」

話音一出，臺下的群眾瞬間聚精會神，就連本來在和式神對話的羅娜，注意力也被拉了回來。

「校長的聲音還真是好聽啊……」站在一旁的安莎莉，用有些陶醉的眼神望著所羅門。

「就是說啊，所羅門校長不僅聲音好聽，就連樣貌也好帥……」似乎是聽到安莎莉的話，另一名女同學也跟著發出讚嘆。

「我才不會說我是為了所羅門校長才拚命考進學園的！」

就像骨牌效應一般，女性同胞對所羅門的仰慕讚嘆，接二連三地傳進羅娜耳中。相較之下，羅娜整個人顯得有些淡定、不以為意。

對她來說，男人的長相帥氣與否並不是十分重要，但看到這人群如此著迷的反應後，她心想，自己是不是也要稍微仔細欣賞一下呢？

羅娜再次將目光鎖定在所羅門身上。

在舞臺燈的照耀下，披散在他身後、湖水綠的飄逸長髮閃著動人的光澤，令人有種想上前撫摸的欲望。

不知道那頭長髮摸起來，會是怎麼樣的觸感呢？

雖然心中存著這樣的念頭，羅娜也自知不太可能得到答案……

所羅門校長的容貌斯文有禮，一對細長且迷人、如翡翠般澄澈透綠的雙眸散發著冷冷幽光。在銀色細框眼鏡的修飾下，隱約散發出一股禁欲的味道。

挺直的鼻梁、圓潤卻略顯無血色的薄唇，精緻的五官揉合成一張俊美無比的容顏，而略為寬鬆的衣服襯得他身形十分纖瘦。

嗯，單從外表來看，的確是無懈可擊的帥哥。

只不過在羅娜眼裡，還不足以讓她動心，這或許要歸功於自己的式神也很帥的緣故吧？

啊，這種話絕對不能和那群傢伙說，否則老色龍和臭魔王都會沾沾自喜的！

「我說平胸女，妳幹嘛死盯著那個校長看這麼久？該不會……妳也跟那些膚淺的女人一樣，覺得他很帥吧？」腦海裡再度傳來巴哈姆特的質問。

「沒有啊，我又不是你，怎麼會那樣想。」

「哈啊？妳這話是什麼意思！」

「就是字面上的意思啊，你不是常常正大光明地盯著美女的胸部或大腿看嗎？」

「那是鑑賞！本龍王對人類女性的鑑賞！」

「那才不是鑑賞！是變態！」

和巴哈姆特你一言、我一語地攻防，讓羅娜差點血液沸騰，直到旁邊安莎莉拉了拉她的手，羅娜才從和巴哈姆特的對峙中清醒過來。

「羅娜同學？羅娜同學妳恍神啦？校長可是在說很重要的事情呢。」安莎莉一臉納悶地看著羅娜，小聲地說道。

「哦哦，抱歉，剛剛稍微恍神……」

「沒關係，應該是有式神在腦海裡跟妳對話吧？不過，還是稍微認真聽一下校長的話比較好喔！」

在安莎莉好意提醒之下，羅娜這才靜下心來，認真傾聽所羅門校長致詞。

「各位新生都是歷經一番辛苦磨練，一路過關斬將才在入學考試中脫穎而出的佼佼者。無論名次高低，凡是能踏進聖王學園的諸位，都是這個國家未來的中流砥柱。」

所羅門接續說：「想必各位新生如此努力，拚死也要考進我們學校，應當早已了解我們聖王學園的教育方針了吧？但在此，身為這個學校的大家長，鄙人仍要再次向各位認真詳細地介紹一次——」

所羅門將目光投向旁邊的女司儀，司儀一接收到他的眼神，馬上切換螢幕上的內容，跳出一張聖王學園的校內地圖總覽。

「聖王學園共分五大學區，每個學區內又細分各種不同類別的教室。我們在第一學期就會檢測出新生的屬性特質，之後便會依照屬性分到不同學區。」

「這我聽說過，聖王學園會利用薔薇王者權杖的力量製造出來的感測器進行分類……天啊，在入學之前，一直覺得是都市傳說，因為校方對此嚴格把關，從未有照片或影像流傳出去。羅娜同學，妳是不是也很期待？」聽到這裡，安莎莉忍不住轉過頭跟羅娜竊竊私語，鏡片下的雙眼閃爍著期待的光芒。

「妳說那個感測器啊……我之前聽人說過，感測器好像是一頂帽子？」

「才不是咧！那個是哈○波特啦！這種話妳別亂說！」安莎莉一聽馬上將

手指放在嘴唇前，要羅娜別再說下去。

「哦，可能是我之前小說看太多……不是還有另一種說法嗎？說聖王學園的感測器是……一張椅子？」羅娜在腦海裡翻出曾經聽過的傳聞，歪著頭對安莎莉問道。

「對，這個版本我也聽說過，好像是最知名的猜測了。」安莎莉點點頭，「聽說是一張類似電椅的裝置，學生坐上去後，透過電流深入到腦神經跟身體最深處，用來讀取這名學生最適合的屬性與未來發展！」

「也是有這樣的說法……不過我還是覺得很扯啊！怎麼可能靠一張椅子就判斷出來呢？又不是酷刑……」

「哎呀，誰知道呢，反正這也只是傳說而已嘛。等到了那一天，就能知道感測器到底長什麼模樣了。再說，用薔薇王者權杖製造出來的東西，肯定不會那麼簡單。」

「妳這麼說倒也是……」羅娜一邊說，注意力又漸漸被舞臺上的所羅門所吸引。

「本校學生不以分數、科目做分類，而是採取合適的職階屬性做為區分。」

聽到這，羅娜頗為好奇地眨了眨眼，更加專注地傾聽所羅門的發言。

「本校學生在第一學期開始前，將分為就職系、政治系、武人系、學者系、影視系等等。在此之外，當然還有像花嫁系這種特殊科系，不過目前只限定女性學員。」

說到此，臺下產生了一陣小小的騷動，似乎都在議論著所羅門方才所說的內容，就連羅娜也不例外。

「喂，他剛剛說的那個……是怎麼回事？花嫁系又是什麼啊？」

「妳居然不知道花嫁系？」安莎莉顯得有些吃驚，微微睜大雙眼看著羅娜。

「說得好像妳很了解，該不會……妳就是衝著那個來考聖王學園的吧？」

「才、才不是呢！我、我怎麼可能進得了花嫁系啊……」一聽到羅娜這麼說，安莎莉的臉馬上紅了起來，整個人害羞得又驚又慌。

羅娜歪著頭反問：「怎會不可能？那個花嫁系很難進入嗎？」

羅娜滿臉問號，光聽科系名稱就覺得不怎樣，她甚至懷疑，只是要進入那種科系，為何要拚死拚活考進聖王學園？

「當然不容易啊！羅娜同學，妳千萬別小看花嫁系，花嫁系的學姐們都很不好惹的！」

「哈啊？不好惹？到底哪裡不好惹了？」越聽越一頭霧水，羅娜歪著頭，很是困惑。

正當安莎莉要繼續說下去時，所羅門又再次開口：「看到各位同學對花嫁系似乎很感興趣？想必有些新生不是很清楚本校的科系規畫吧？也好，就趁這個機會，多跟同學們介紹一下，讓新生更加認識聖王學園，也是本校校長的職責所在。」

「哦哦，我正想了解一下呢。」

「妳該不會也想進入花嫁系吧？妳這沒啥女人味的男人婆還是別妄想了，哈哈哈。」

「老色龍，我怎麼可能進那種科系，你才是，不准打花嫁系學姐們的主意。」腦海裡傳來巴哈姆特的挖苦，羅娜不客氣地反駁回去。

「我的百合花就算不進花嫁系，也是我心中唯一的花嫁人選呢——」

「這種噁心的話只有你說得出口，你以為在演偶像劇嗎？依本龍王看，當初你的腦袋根本沒造好吧？」

「真是醜陋啊，如此赤裸裸的嫉妒只會讓人恥笑，我說對吧，我的百合花？」

「我說大叔跟老頭，就別為難娜娜醬了好嗎？」被問話的當事者還沒開口，星滅就搶在前頭替羅娜做了回應。

「你這小子根本沒資格發聲，我們的御主都還沒承認你！話說回來，你到底想在羅娜的身體裡待多久？既然人家不想跟你訂定契約，就別賴著不走，快去投胎啊，蠢狼！」巴哈姆特沒好氣地回嗆星滅。

「雖然我不像老龍那麼失禮，但我也必須提醒你，最好別賴著不走，影狼族的小子。」法哈德刻意壓低嗓音，「到目前為止，你還能待在這裡，是因為我們的仁慈……你最好好自為之。」語氣是法哈德一貫地優雅，字裡行間卻充滿警告意味，宛如即將開始狩獵的獵豹，發出低沉的嘶鳴。

「唔……你們這些倚老賣老的傢伙！」

雖然心裡很不是滋味，可法哈德和巴哈姆特說得沒錯，星滅也很清楚自己的立場。他目前還能安然待在羅娜體內，一方面，是羅娜沒有強行驅趕自己的意思，另一方面，就是這兩名式神沒有動武之意。否則同時面對龍王與魔王，星滅肯定吃不完兜著走。

眼見局面對自己不利，為了維持現狀，星滅選擇閉嘴不再反駁。對星滅來說，只要能多待在羅娜身邊一天，他就有機會扭轉羅娜對自己的看法，讓羅娜與自己締結式神契約！

「看來還算理智嘛，這頭小狼也算是孺子可教也。」巴哈姆特嘲諷地短笑一聲。

「我說你們……別一直在我腦袋裡講話好嗎？我還想好好聽校長說話呢！」羅娜受不了這三人不斷在她腦內閒言碎語，沒好氣地翻了一個大白眼。

旁邊的安莎莉注意到羅娜的異狀，便偷偷問道：「羅娜同學……妳又被妳家式神吵到不行啦？」

「是啊，而且還是三個。」

「三個？等等，妳不是只有兩名式神嗎？何時又多了一個？羅娜同學也太厲害了吧！短時間內又收服了新的式神？」安莎莉露出一副詫異的模樣，手摀住嘴驚呼。

「呃，也不是啦，那個臭小子根本就不是……哎呀，這不重要！我們還是認真聽校長說什麼吧！」一點也不想在星滅的事情上繼續糾纏下去，羅娜趕緊將注意力轉回舞臺上。

這時，所羅門已將大部分科系大致介紹完畢，羅娜在心裡暗恨著自己因分心而錯過重要資訊。

「……以上就是這些科系的簡介，聖王學園是這個國家最頂尖的學校，肩負著培育國家棟梁菁英的職責。本校學生，如武人系出身者，將在日後成為我國軍事將才及參謀。」

所羅門接續說道：「又比如自學者系畢業者，已然成為頂尖學者及研究人員，為科學發展做出了卓越的貢獻。至於各位最好奇的花嫁系……就讓花嫁系的學姐來替各位介紹與解惑吧。」

聽到這裡，臺下的學生又是一陣騷動。

羅娜也馬上轉頭對安莎莉說：「安莎莉，終於要介紹花嫁系了！不知道花嫁系的學姐是怎樣的人？」

「羅娜同學，妳看起來好像很興奮啊？該不會真的想進入花嫁系吧？」

「我只是很好奇而已，我才不想進花嫁系呢，真要進也應該是女漢子系之類的吧？」

「呵呵，什麼女漢子系啊……羅娜同學妳真會說笑。」

「我才沒說笑。如果真有那種科系，我絕對是裡面的佼佼者！」羅娜拍拍自己的胸脯，自信地揚起下巴說道。

與此同時，一道身材姣好、端莊優雅的身影緩步走上講臺，來到所羅門校長身邊。只見校長將麥克風遞給對方，便退居一旁。

「那位就是花嫁系的學姐……」羅娜微微睜大雙眼，一時間竟看得有些入神。

「怎麼樣？漂亮對吧？」安莎莉轉過頭偷偷瞧著羅娜的反應。

「何止漂亮……根本是超級大美人啊！」羅娜忍不住驚呼。她鮮少如此浮誇地讚美一個人，但眼前這名學姐實在太過耀眼，讓她情不自禁做出這樣的反應！

這名花嫁系學姐的身材穠纖合度，制服短裙之下，是一對修長筆直的美麗雙腿。漂亮的臉蛋宛若精雕細琢的洋娃娃，一對婉轉靈動的大眼睛幾乎要把人的魂魄攫入其中！

「好一個絕世美人啊……雖然本龍王看過無數佳人，見到她時，眼睛還是為之一亮呢！」好不容易安靜一陣子的龍王，在見到花嫁系學姐後，再也無法繼續安分了。

「再漂亮又如何？這個世界上，沒有任何人可以比得過我的百合花。」法哈德不以為然地表示。

「一個老色鬼，一個深情痴漢……娜娜醬身邊都聚集著這種糟糕的式神呢……」星滅小小聲地碎念著。

不過這一次，歸功於這位美麗的學姐，讓羅娜自動忽略腦海裡嘈雜的聲音。

「是嗎？能讓羅娜同學這麼說，姐姐她一定會很高興的……」

「姐姐？安莎莉，妳剛剛是不是稱她為……姐姐？」羅娜眉頭一蹙，轉頭問向安莎莉。

「不、不不，我剛剛什麼都沒說呀，羅娜同學是妳聽錯了啦。」安莎莉急忙否認，表情看起來有些慌張。

「欸……很奇怪喔……」羅娜雙眼瞇成一條線，狐疑地盯著安莎莉瞧。

「才沒有呢，哎唷，我們還是別閒聊了，快聽學姐怎麼介紹花嫁系吧。」

羅娜看得出來安莎莉顯然不想多談，她也沒打算探聽別人的私事，於是便將注意力放回舞臺上。

「各位新生，日安。我是聖王學園花嫁系二年級的安倍，很榮幸受校長邀請，上臺來和學弟妹們分享關於花嫁系的介紹。」安倍學姐有著跟秀氣外表略微反差的中性名字，不過這一點也不影響她的美貌與氣質。

在安倍開口之後，臺下一片寂靜，大家的注意力彷彿都被臺上的美人牢牢抓住。

「過去，我和大家一樣都是新生的時候，也很好奇什麼是『花嫁系』。聖王學園為何要創辦這樣的科系？又是怎麼樣條件的學生才會被分配到這個科系？我想，這些問題也都是在場學妹們的疑問吧？」

底下的新生們紛紛點頭應和，安倍接續說道：「那麼現在，請容許我以花嫁系學姐的身分和你們分享，不只是科系的介紹，更是我的經驗之談。」

安倍向臺下的學弟妹們微微一笑，傾城傾國的美貌頓時讓不少人露出陶醉的神色，尤其是男性同學，都紛紛拜倒在安倍的石榴裙下。

羅娜看著眼前有著一頭淺粉色長髮和如娃娃般碧藍色眼眸的美人學姐，越看越覺得這世上怎會有如此優雅美麗的女性呢？

「安莎莉，妳姐姐真是迷人啊，連身為女性的我都快被迷暈了。」

「說什麼呢，都說了不是我的姐姐……」

「沒關係，我懂我懂，有那麼漂亮完美、能進入花嫁系的姐姐，還被校長欽點上臺介紹科系，身為妹妹的妳肯定……啊，抱歉，我沒惡意，我只是想說我能理解妳的心情……」羅娜突然意識到自己說話有點太傷人了，趕緊即時止住。

「唔，羅娜同學妳說到我的痛點了……但也不完全像妳說的那樣……」

安莎莉似乎還想辨解什麼，但羅娜的目光早已回到講臺的安倍身上。

「花嫁系——簡單來說，就是培育未來以成為新娘花嫁為人生目標的學生。或許有人會問，這樣有需要額外開創一個科系？只是為了『嫁人』有必要占用聖王學園珍貴的教育資源？若有這樣的想法，且聽我為各位解惑。」

安倍身後的螢幕突然切換成一組新娘的照片。

「照片上的兩人，皆是穿著白紗的新娘。但我想請問臺下的學弟妹，能區分這組照片的差異嗎？」側身看向螢幕，安倍向眾人提問。

照片左邊是一名笑容甜美、表達出熱烈幸福的新娘。她身穿一套較為華麗花俏的紗裙禮服，大膽地展現著凹凸有致的身體曲線。除此之外，這名新娘雙腿交疊，一雙性感長腿展露無遺。

右邊的新娘，挑選了一套相對素雅的白色開衩長裙禮服，上半身僅僅小露香肩，下半身雙膝和腳踝微微併攏，斜放在一側。她微啟雙眸，露出潔白的貝齒，笑得婉約而典雅。

「嗯……有種說不出來的落差感啊……」羅娜一手托著下巴，一邊盯著照片喃喃自語。

很快地，安倍學姐便開始說明：「這兩名新娘最大的不同──在於她們本身的禮儀與氣質。」

安倍的言論立刻引發臺下學生們一片嘩然。

臺上的安倍只是淺淺一笑，「左邊的新娘雖然甜美俏皮，雙腳交疊的姿態卻不夠端莊，也許是她的風格活潑，但整體少了一份內斂的氣質。而右邊的新娘，雖然沒有展現自身的胴體之美，但她的坐姿禮儀十分標準，採用了『公爵夫人斜坐（Duchess Slant）』的姿勢。舉凡歷史上有名的王妃貴族，在公眾場合或照相留影時大都如此。」

安倍接續說下去：「也就是說，我們花嫁系是為了培育、教導新娘的儀態教養，讓她們用最完美的狀態，獲取自己心中所希望的幸福。」

說到這裡，安倍向底下的同學們微微一笑，「不過各位可別誤會了，本校的花嫁系並不是強制替學員們決定未來，只是加強訓練學員的各項能力。比如學習插花、茶道、美姿美儀等等，讓同學們有更多優勢去追求自己的人生。」

「原來是這樣的科系啊……突然覺得，在花嫁系裡的學姐們都不簡單呢！」羅娜忍不住感慨。

在這之後，安倍把麥克風歸還給所羅門校長。接下來，聖王學園的教務主任和訓導主任也依序來到舞臺上，為大家宣導校內的注意事項。

羅娜聽得快睡著了，她最不喜歡這種正式場合，無聊又漫長。她心想，難道就不能直接進入主要儀式嗎？

比如發放新生制服、分班之類的……

正當羅娜快要打起哈欠時，會場外忽然傳來一聲巨響！

「怎麼回事？」安莎莉緊張地揪著自己的衣領，不安地看向窗外。

「不知道，聽起來像是什麼東西被炸毀的聲音，而且……」好像有一股強大的靈力奔湧而出！

「各位同學請少安勿躁，讓校方進行緊急的事故處理。」

巨響之後，原本還留在會場的媒體記者立刻拔腿狂奔，他們扛著攝影機，循著聲源，希望能搶到第一手報導！

此時，所羅門校長已不見人影，安倍學姐跟著消失，現場只剩下忙著指揮和安撫同學的女司儀。

在騷亂之中，羅娜拉起安莎莉的手，興奮地說道：「走，我們過去瞧瞧！」

「欸？這、這樣真的好嗎？我們這群新生應該好好待在會場不要亂來……」

「哈？那是說給乖寶寶的話啦！妳若覺得不妥，我也不勉強妳。」說完，羅娜便放開手，準備自己一個人偷溜出會場。

正當她要離開之際，安莎莉又從後面拉住了她。

「我、我也想去看看！」

「嗯?妳說什麼?我應該沒聽錯吧?」羅娜挑起眉頭,刻意地再問了一次。

「我……我說我也想去看看!我、我不想再繼續這麼柔弱下去了,而且有羅娜同學在的話,應該不會有問題!」鏡片之下的雙眼仍帶著些許膽怯,卻也散發出堅毅的光芒。

「既然如此,就跟我一起去見見世面吧!」

羅娜再度拉起安莎莉的手,趁著眾人騷動的時候,偷偷溜出會場。

循著方才巨響的方向,羅娜和安莎莉很快就找到爆炸的聲源處。一幕令兩人詫異不已的景象,赫然映入眼簾。

「鐘塔……被炸出了一個洞!」

安莎莉雙唇顫抖,前方一座高聳的歌德式鐘塔的大門,不知被什麼人用火藥炸開,黑色的硝煙冉冉上升,灰燼和瓦礫散落一地。

「喂,安莎莉,妳知道是怎麼回事嗎?別跟我說這是聖王學園在慶祝新生入學。」

「我怎麼會知道啊，但這座鐘塔所代表的意義……」安莎莉越來越緊張，她嚥下一口水，吞吞吐吐地把話說完：「這座鐘塔，據說就是『薔薇王者權杖』的所在之處！」

羅娜瞬間傻了，愕然地睜大雙眼，過了一會才大聲回應：「妳說啥！薔薇王者權杖？那就表示有人想要奪走權杖嗎！」

「好像是這樣吧……不然我也想不到還有什麼原因……等等！羅娜同學，妳要做什麼！」話才說到一半，只見羅娜迅速召喚出式神，並向鐘塔奔跑而去。

「做什麼？當然是去阻止對方奪取薔薇王者權杖啊！」

「別傻了！這種事不是妳能夠解決的問題啊！能突破聖王學園的嚴密守衛，並在大庭廣眾下炸毀鐘樓的人，肯定有著非比尋常的實力！」

不曉得對方到底是如何潛入聖王學園，就算今日是新生入學儀式，開放媒體進入校內，但經過校內人員的層層把關，怎麼還會發生眼前這種事故？

「妳說的沒錯，但我覺得這事情沒那麼單純。」說罷，羅娜便繼續朝著鐘塔前進。

「羅娜！」既擔心又緊張，安莎莉忍不住對著羅娜大吼，情急之下，她快步向前想要阻止她，沒想到卻被巴哈姆特攔了下來。

「別說了，我家御主不是妳勸說就會聽話的類型。而且妳不夠了解她，妳根本不懂她為何這麼執著於勇往直前。」巴哈姆特一臉嚴肅地抓著安莎莉的手腕，壓低嗓音道。

「對，我當然不夠了解她。但巴哈姆特先生為何要阻止我，而不是阻止你的御主以身犯險呢？」安莎莉難得伶牙俐齒起來，鏡片下的雙眸折射出強烈質疑的目光。

「很簡單——」巴哈姆特轉過身，跟上羅娜的腳步，「因為我家御主，可不會輸給襲擊鐘塔的人。」

「什麼？」

「放心吧，有本龍王在，不會讓任何人傷我家御主一根寒毛。至於妳要不要跟來，就隨妳了。」巴哈姆特把話說完後，他的身影便跟著羅娜一起沒入鐘塔之中。

「實在是太亂來了……」

安莎莉握緊拳頭，猶豫地咬著下唇。看著前方那座被爆炸摧殘的鐘塔，安莎莉還在躊躇之際，後方突然傳來一陣叫喊。

「喂，那邊的新生，妳在那裡做什麼！快點離開這裡！這不是妳這種軟弱的小薔薇能處理的！」

穿著軍服的男子正是聖王學園的教官，但由於他這麼一喊，使安莎莉終於下定決心。

「我不能認輸！我不能對自己的式神沒有信心，我好歹也是通過入學考試的學生！」心一橫、牙一咬，安莎莉不管教官的叫喊，拔腿直奔進鐘塔內。

「哎呀，真是兩個烈性子的新生呢……」

所羅門不知何時出現在教官的身旁，那張令女學生傾倒的俊美容顏上，揚起一抹高深的笑容。

「校長，要不要進去支援或……」

「不用了，就讓她們自己去闖一闖吧。我剛才已經確認過了，待在裡面的始作俑者不值得我們出手……不過，對新生來說就完全不一樣了。」他若有所思地說道，「或許，裡頭有某個人一直在找尋的東西，若連這點艱險都無法跨越，那就別想繼續追查真相了。」

所羅門微微一笑，一陣風恰好從他身邊吹過，湖水綠的飄逸長髮隨著風翩然飛舞。

尾聲

Scepter of Rose King

羅娜時常做惡夢，但她總是不說。

這個惡夢好似深植於她腦海的影片，總在夜深人靜、她剛要進入熟睡時自動播放。

夢境中，不外乎是羅娜當年目睹的慘劇。

幼小的她抱著布偶，雙眼泛紅噙著淚光，無助地找尋著自己的父母。

她在熊熊燃燒的刺眼火光之中，看到了法哈德的身影。只是法哈德很快就消失不見，只剩下倒在地上、之前遍尋不著的父親和母親。

羅娜一直記得，在大火之中，她與父親最後訣別時，那一席短短的對話。

這陣子，不知是不是因為終於考上聖王學園的緣故，從壓力中解放出來，使她在夢境裡的記憶越發清晰明朗。

甚至讓她憶起許多之前沒有仔細注意的細節。

幼小自己哭哭啼啼地依偎在父親身邊，用柔弱無措的聲音，對著臥倒在地、已在垂死邊緣的父親說：「嗚嗚……爸爸……爸爸你不能離開羅娜……嗚……」

「羅娜……我的寶貝女兒、我的百合花……妳一定、一定要一個人好好地活下去……」

「羅娜不要一個人……不要丟下羅娜一個人……」哭得眼腫鼻紅的小女孩，哽咽地哭喊著。

「羅娜……妳一定要記得……找到認得這張牌的人……」

「嗚……認得這張牌？不要……羅娜只要爸爸快點起來，跟我一起逃離這裡！」

看著父親手中的長方形卡牌，背面是複雜華麗的歐式圖騰，隨著手指微微屈伸，羅娜隱約看見卡牌的正面似乎有另一種圖案。

「找到他……如果妳想要知道一切的話……嗚！」父親話還沒說完，突然緊抓胸口，下一秒整個人癱軟在地，舉起的手無力滑落。

「爸爸？爸爸！不要！爸爸——」

父親斷氣的剎那，羅娜驚慌地搖晃著父親身體。縱然周圍的火勢猛烈炎熱，羅娜的心卻異常地冰冷絕望。

羅娜從惡夢中驚醒後，立刻拿起紙筆畫下夢中模糊隱約的卡牌。

雖然不是十分清楚，總比什麼線索都沒有來得好。

此後，羅娜便一直惦記著卡牌的模樣。當然，她或多或少也懷疑過夢境的真實性，畢竟她那時只是一個嚇壞的小女孩而已……

所以羅娜未曾想過，自己竟會在這意外的時刻，得到困惑自己多時的答案。

「這是……」

羅娜在踏進還瀰漫著煙硝味的鐘塔時，一樣掉落在布滿瓦礫碎石地面上的東西，引起了她的注意。

那是一張卡牌。

「為什麼……怎麼會在這裡……這到底是……」羅娜的雙眼瞬間流露出驚恐的神色，整個人微微地顫抖了起來。

身旁的巴哈姆特注意到她的異狀，連忙安撫道：「羅娜，妳冷靜點，這說不定只是巧合。現在炸毀入口的人不知藏身何處，如果對方有意偷襲，妳會吃虧的！」

「我知道……我知道……但這究竟是怎麼一回事……不行……我得弄清楚……這可是我拚死拚活考進聖王學園的理由啊！」

哪怕前方的卡牌是個陷阱，她也必須冒險行動，況且只要有巴哈姆特在，就算是陷阱也沒什麼好怕的！

她向來無條件相信著自己的式神！

「真是受不了妳……本龍王知道，妳總是仗著我無論如何都會保護妳，才如此肆無忌憚吧。」巴哈姆特無奈地苦笑一下，雖是這麼說，眼裡卻充滿了寵溺與莫可奈何。

他想，羅娜會變成今天這樣，自己大概有很大一部分的責任吧？

無論是在失去雙親之後，在羅娜身邊代替父職的自己，還是何時何地都過度保護羅娜的自己，都是造成今日羅娜如此橫衝直撞的最大原因。

「難怪別人都說養成遊戲很困難……本龍王培育出來的『女兒』果然也長

歪了呢……」

「你在那邊囉嗦什麼？誰是你這頭老色龍養出來的女兒啊！」聽到巴哈姆特的話後，羅娜沒好氣地白了對方一眼。

「果然是到了叛逆期呢，為父真是困擾。啊，不過平常就很叛逆了，怎會有人的叛逆期這麼長啊——」

「老色龍，再胡說八道下去就讓你滾回我體內喔！」青筋瞬間浮上額頭，羅娜有些咬牙切齒地對巴哈姆特威嚇道。

總之，她現在必須將這張卡牌調查清楚，任誰都無法阻止她的行動！

正當羅娜準備撿起不知為何遺落在此處的神祕卡牌時，一道暗箭冷不防從暗處朝她直射而來！

「小心！」巴哈姆特第一時間用自己的龍鱗披風護住羅娜。確認羅娜暫且安全後，他才甩開披風，再回頭就見落在地上的卡牌被一條銀絲抽走，飛至半空中，最後沒入黑暗之中。

「果然是陷阱啊……閣下顯然就是炸開鐘塔入口的罪魁禍首吧。」面對偷襲自己的敵人，羅娜仍面不改色，一點也不像數秒前才剛躲過致命一擊的人。

「羅娜，小心一點，那個人的氣息很不對勁……」巴哈姆特嚴肅地向羅娜警告。

不知為何，他總感受到一股詭譎的氣息，一種令他……不，即便是法哈德和星滅都會感到十分錯亂的氣息。

對方並未回答羅娜的問題，但見灰濛濛的煙硝散去之後，逐漸出現一道纖長的人影。

「我的百合花，請召喚我出來吧……我總有一股不祥的預感。」法哈德的聲音也在羅娜腦海之中響起。

「用不著，況且不能這麼快就把底牌掀盡。」羅娜拒絕了法哈德的請求，目光緊緊地盯著前方。

不久，在煙霧遮蔽下的身影終於發出聲音。

「妳很想知道這張卡牌的意義？」

「難道妳知道？」

對方是一名女性——這是羅娜唯一能從對方身上獲取的情報。

只是……為何這嗓音聽起來有一點耳熟？

「這聲音……」就連巴哈姆特也顯得十分訝異。

「我知道嗎？或者說，我有必要告知妳答案嗎？」令眾人都莫名耳熟的嗓音再次反問羅娜。

隨後，一樣物品從暗處射出，羅娜立刻精準接住。她將夾在兩指之間的卡牌仔細端看，發現是一張塔羅牌。

那是一張繪有戴著王冠的男子的塔羅牌，上頭用草寫的英文字母寫著：「The Emperor」。

「塔羅牌……『皇帝』……」羅娜雙眼微微瞇起，緊盯著手裡這張塔羅牌，腦海裡浮現出夢境裡父親沾染鮮血的手中抓著的卡牌……

「巧合？不對——」

羅娜睜大雙眼，瞳孔微微收縮，屏住氣息看著對方從煙霧中緩步走出。

映入羅娜眼簾的人，竟然是——

「校長，就這麼放任『她』和羅娜見面好嗎？」一道清秀的身影來到所羅門身旁，輕聲詢問。

「擔心嗎？」所羅門轉過頭去，反問有著一頭淺粉長髮的溫婉面孔。

「校長您可真是愛說笑，我怎麼可能會擔心呢？」

「妳那點心思我會看不穿嗎，安倍。」所羅門再次將目光轉回前方，看向已被駐警隊包圍的鐘塔，「妳可是從羅娜入學測驗開始，就一直默默觀察她到現在的人啊。」

「這麼說來，校長您不也一樣嗎？況且，羅娜之所以可以壓線通過測驗，也是您的暗中協調促成的吧？」安倍笑盈盈地回應。在旁人聽來，很難想像這是學生與校長之間的談話，反而更像是兩個熟識彼此的人在聊天。

「還真是逃不過妳的法眼啊，安倍同學。」即便被拆穿，所羅門依然面帶微笑，表情無動於衷。

「校長，您當初為何要這麼做？又為何要讓『她』和羅娜用這種方式初次見面？」

「有趣——」所羅門拉長尾音，「不覺得這樣才有趣嗎？只讓她們普普通通地碰面，太沒意思了。再說，如果羅娜這麼簡單就被『她』擊倒，那麼『皇帝的後人』就太令人失望了。」

「呵呵……還真有您的風格呢，校長。」安倍輕輕一笑，將吹亂的髮絲撥至耳後，「就讓我們繼續看下去吧，這齣由您促成的好戲。」

羅娜從未想過這種事情。

如同小說般不可思議的情節，居然發生在自己身上。

她和巴哈姆特震驚錯愕地看著從煙霧中走出來的身影。

「羅娜——光是聽到這名字就讓我心生厭惡。」

冷冽的殺意自赤紅的眼眸中噴薄而出，烏黑直髮散落身後，一名與羅娜長得幾乎如出一轍的少女冷冷地說著。她身穿聖王學園的制服，舉起手中的武士刀對準羅娜。

「我的名字是『宥娜』——和我有著如此相似的名字……不，是和我如此相似的妳，本就不該存在。」

——《少女王者02》完

後記

Scepter of Rose King

每次到了後記的時間，帝柳都腦袋一片空白，常覺得後記好像比正文還困難啊（笑）。

明明帝柳在現實生活中是一個滿多話的人，但要化做文字，就不知該說什麼才好。（苦笑拍頭）

話說回來，這套系列已經來到了第二集，不知道各位客官看得還滿意嗎？對於最後結尾的部分有沒有吃了一驚呢？

如果是先跳來看後記的朋友，嘿嘿嘿，請不要問帝柳到底在說什麼，您自個兒看完整本書就知道啦！

第二集呢，羅娜終於拋開了娜娜醬的包袱，可以好好地做自己了。同時也無意間（？）增添了新伙伴、結交了新朋友，某種層面上來說，算是收穫滿滿的一集。

感情方面，羅娜在這一集似乎隱約表現出她比較傾心的對象囉……不過，不到最後，都不知道羅娜的芳心最後會歸誰，至少連我這個親媽都不知道（笑）。

在創作第二集的時候，帝柳由於自身一些問題常常煩憂，不然就是比較沒辦法集中精神寫作……在寫這篇後記的時候也是如此。不過帝柳始終都記得有一群可愛的讀者在等著我，所以無論如何都要努力地寫稿才行。

希望在各位看到這篇後記的時候，帝柳已經把所有問題都順利解決啦！

在本書的最後，再次感謝各位的支持，謝謝你們，帝柳才能繼續出版創作！

帝柳

歡迎來帝柳的粉絲團聊天：

https://www.facebook.com/hedy690/

高寶書版集團
gobooks.com.tw

輕世代 FW307
少女王者02

作　　者　帝　柳
繪　　者　JNE*靜
編　　輯　任芸慧
美術編輯　林鈞儀
排　　版　彭立瑋
企　　劃　方慧娟

發 行 人　朱凱蕾
出　　版　英屬維京群島商高寶國際有限公司臺灣分公司
Global Group Holdings, Ltd.
地　　址　臺北市內湖區洲子街88號3樓
網　　址　www.gobooks.com.tw
電　　話　(02) 27992788
電　　郵　readers@gobooks.com.tw（讀者服務部）
pr@gobooks.com.tw（公關諮詢部）
傳　　真　出版部　(02) 27990909　行銷部 (02) 27993088
郵政劃撥　50404557
戶　　名　三日月書版股份有限公司
發　　行　三日月書版股份有限公司/Printed in Taiwan
初版日期　2019年5月

國家圖書館出版品預行編目(CIP)資料

少女王者 / 帝柳著.-- 初版. -- 臺北市：高寶國際, 2019.05-
冊；　公分. --

ISBN 978-986-361-656-6(第2冊：平裝)

857.7　　108002414

三日月書版

GOBOOKS
& SITAK
GROUP©